假面具背后的恐怖王

〔日〕江户川乱步　著

叶荣鼎　译

山东画报出版社

译者序

　　红极一时的日本动漫《名侦探柯南》的作者漫画家青山刚昌，孩提时代曾是江户川乱步的超级追星族，他笔下的主人公江户川柯南的姓就取自日本推理文学鼻祖江户川乱步，名则取自英国的柯南·道尔。

　　日本作家历来都有用笔名的传统，江户川乱步本名平井太郎，早年就读于早稻田大学经济学专业，江户川就在早稻田大学旁边。巧合的是，"江户川"的日式英语发音"edogawa（爱多嘎娃）"，与"Edgar a-（埃德加·爱）"的发音极其相似；

"乱步"的日式英语发音"ranpo（兰波）"，与"llan Poe（伦·坡）"的发音又十分相近，故而决定以"江户川乱步"为笔名。从此，这个名字陪他度过了四十年推理文学创作生涯，也成为日本推理文学史上不可逾越的高峰。

1923年，乱步在《新青年》杂志上发表处女作《二钱铜币》，引发轰动。当时的编者按这样写道："我们经常这样说，《新青年》杂志上总有一天将刊登本国作者创作的侦探小说，并且远远高于欧美侦探小说的创作水平。今天，我们终于盼来了这一兴奋时刻。《二钱铜币》果然不负众望，博采外国作品之长，水平遥遥领先于外国名作。我们深信，广大读者看了这篇小说后一定会深以为然，拍案叫绝。作者是谁？是首位登上日本侦探文坛的江户川乱步。"

1925年，乱步发表小说《D坂杀人事件》，成功塑造了日本推理文学史上的第一位名侦探——明智小五郎。其后，他又陆续创作了《怪盗二十面相》《少年侦探团》等脍炙人口的作品，其中的"怪盗二十面相""少年侦探团"等角色已经突破了类型文学的束缚，成为世界文学史上的典型形象，先后多次被搬上各种舞台，改编成各种各样的影视、动漫作品。

第二次世界大战爆发后，江户川乱步因作品被禁止出版，投笔抗议，公开发表《作者的话》："我撰写的小说主要是把侦探、推理、探险、幻想和魔术结合在一起，让读者富有想象力和创造力。人类必须怀有伟大的梦想，经过不断的努力，才会创造出伟大的时代。没有梦想，没有幻想，就没有科学。历史已经证明，科学的进步多取决于天才的幻想和不懈努力。科学进步了，人民才会过上好日子。可是今天的战争，毁掉了科学，毁掉了人民的梦想，日本人民将会被一个不剩地当作炮灰，却还是避免不了失败的结局。"

1947年，日本侦探作家俱乐部成立，乱步被推举为主席。俱乐部在1963年改组为日本推理作家协会，至今仍是日本最权威的推理作家机构。1954年，乱步在六十大寿之际，个人出资100万日元，设立"江户川乱步奖"，用以激励年轻作家。在之后的半个多世纪里，以东野圭吾为代表的一大批优秀的日本推理文学作家通过这个奖项脱颖而出，他们的成绩也使得"江户川乱步奖"成为日本推理文坛最权威的大奖。

1961年，为表彰乱步在推理文学界的杰出贡献，日本政府为其颁发"紫绶褒勋章"（授予学术、艺术、运动领域中贡献卓著的人）。1965年，乱步突发脑出血去世，获赠正五位勋三等瑞宝章。为纪念乱步，名张市建有"江户川乱步纪念碑"与"江户川乱步纪念馆"，丰岛区设有"江户川乱步文学馆"，供日本与世界的爱好者与学者瞻仰和研究。

《江户川乱步全集》作为乱步作品之集大成者，先后出版了多个版本，加印数十次，总印数超过一亿册，迄今已有英、法、德、俄、中五大语种版本问世。衷心希望诸位读者能够通过这一版的中文译本，回望日本推理文学的滥觞，领略一代文学大家的风采。

是为序。

2021年元旦于上海虹桥东华美寓所

目　录

参观蜡像馆

东京上野公园的不忍池旁边，建有一幢奇特的建筑。圆圆的造型，犹如两个国家级武术馆的缩小版模型。外墙和圆顶采用白色涂料，整幢建筑没有一扇窗户。

建筑正面有一个小门，门框上方挂着一块写有"中曾夫人蜡像馆"的匾额招牌。

在英国伦敦，有一家世界闻名的"杜莎夫人蜡像馆"，而日本东京这家不忍池边上的蜡像馆，就是完全仿效它而建造的。如果用法语念"杜莎"两个字，就变成了"中曾"的读音。

由此可见，这家蜡像馆使用"中曾夫人"的名称，无疑是按照法语读音命名的。该建筑是二层楼，还有地下室。

蜡像馆里的所有参观通道都是弧形的，通道两侧展示了由各种姿态的蜡像组成的场景。

蜡像都是按照人的正常比例制作，上身和下身穿着各种款式的服装。蜡像的脸与人脸几乎分不出真假，栩栩如生。

事实上，像这样以假乱真的蜡像馆是极其可怕的，尤其是观众稀少或者夜晚的场合，场馆里弥漫着恐怖的气息。

中曾夫人蜡像馆里，既有反映历史的场景，也有充满血腥味的场景。

在参观者中间，压根儿看不到女士独自参观的例子。有女士参观时，不是丈夫陪同，就是几个女友一起手拉着手参观。

日本东京中曾夫人蜡像馆里的各种场景，也是根据英国伦敦的杜莎夫人蜡像馆进行策划和布置的。在这里，大部分是反映历史的场景。

女士独自一人或者带着孩子的成年人，一般都不参观蜡像馆。

因此，花巨资建成的蜡像馆，门口冷清，生意惨淡。

星期六下午三点多，两个少年观众在售票处购买了两张入场券，打算参观中曾夫人蜡像馆。

一个叫井上二郎，是初一年级学生，另一个叫野吕一平，是小学六年级学生。两个少年的胸前，都佩戴着少年侦探团的"B·D"团徽。

井上身材魁梧，胆大，正在东京一家空手道武术馆里练习空手道。野吕身材矮小，胆小，不喜欢与别人争高低，在少年侦探团里是出了名的胆小鬼。不过，他头脑灵活，思维敏捷，诙谐幽默，经常逗得同伴们捧腹大笑，颇有人缘。

有关这家蜡像馆的恐怖传说，他俩早就听说了，而且早就想来领教领教。今天正好是休息日，加之他俩都是令罪犯闻风丧胆的少年侦探团的团员。

他俩一致认为，蜡像馆里越恐怖，就越应该进去见识见识。

胆小鬼野吕很想感受一下这种恐怖的氛围，硬拉着身强胆大的井上一同参观。

走进蜡像馆的大门，迎面是一条光线昏暗的走廊。没有到过蜡像馆的人，都仿佛觉得是来到了一幢空空荡荡、阴气沉沉的住宅里。

"哎，太安静了，我感到害怕。井上，参观的人怎么只有我们两个。"

野吕把身体与井上的身体靠得很近，一边走一边说道。

"不可能只有我们两个，再向前走一点，说不定能遇上参观的其他大人。不过，没有其他参观的人也很好啊，这么大的展馆就咱俩参观，反而自由，想怎么看就怎么看，爱到哪里就可以到哪里，嘻嘻嘻……"

井上向来不喜欢喧闹、拥挤的场面。

昏暗的走廊右侧，射出一道灯光光束。走廊右侧有房间，房间门是敞开的。房间里的天花板上，悬挂着一盏大吸顶灯。

房间里走出一个穿着黑色衣裙的女人，背上映射着强烈的灯光。

"欢迎欢迎，非常欢迎两个少年观众莅临参观！我来给你俩担任讲解员，请多关照。"

穿着黑色衣裙的女人说话了，操着一口标准的东京话。和蔼的语气，让两个少年心里感到暖洋洋的。尤其是野吕，似乎增添了一丝抵御恐怖的勇气和力量。一关上房门，女人的模样和轮廓在昏暗的走廊上反而显得更加清楚了。

三十五六岁的样子，端正的五官，苗条的身材。上身是黑色束腰短衣，下身是黑色长裙。漂亮的发型，增加了几分高贵的气质。头上那顶似乎用白色羽毛编织的礼帽，使这个黑衣女人显得古朴典雅，端庄大方。

井上和野吕打量着黑衣女人的这身打扮，好像不约而同地想起一个人来。噢，对了！是前几天在一本画报里见到过的，明治时代的欧洲女人就是这样的打扮。

"阿姨，您是中曾夫人吗？"

野吕脱口而出。

"是的，我是中曾夫人，我亲手建造了这个蜡像馆，还亲手制作了各种姿态的蜡像。"

中曾夫人说这番话的时候，脸上是得意的表情。她走在头里，为两个少年观众带路。

蜡像活了

"瞧！看清楚这场景了吗？各国代表齐聚苏联的莫斯科，商讨如何消灭战争。"

沿着走廊右转，走廊右边突然宽敞起来。敞开式的房间，面积大约五十平方米，天花板上悬挂着一盏光芒四射的水晶吊灯，地面上铺有大红色的羊毛地毯。正面墙壁有一座欧洲风格的大暖炉，炉膛里飘动着红绸布，代替不灭的炉火。暖炉上方嵌有一面两平方米左右的大镜子。

房间装饰超级豪华，但不落俗套，富有创新和时代气息。房间中央放有一张大圆桌，圆桌周围，坐着十多个世界著名的大政治家。他们穿着各自喜欢的服装，背靠着舒适的大椅子。

大政治家中间，有美国的艾森豪威尔，有苏联的赫鲁晓夫，有中国的毛泽东，有英国的丘吉尔等。

蜡像中间，有的笑容可掬，有的愁眉苦脸，有的张开嘴巴正在说明自己的观点。这些与正常人比例相同的蜡像们，手脚也都是蜡制成的。

看上去，蜡像们似乎都被注入了生命。

两个少年瞪大眼睛凝视着这一伟人云集的大场景。

"怎么样？个个都像活得一样，是吧！虽说这一伟大的世界性会议尚未召开，但在地球上消灭战争应该是大势所趋。这场景是我策划和设计的！

"我衷心地希望在不久的将来，世界各大国的政治家们能齐聚一堂，形成消灭战争的联合公报，让世界人民永远过着没有战争的幸福生活，那该有多好啊！"

中曾夫人说完停顿片刻，又继续解说。

蜡像馆里，像这样轰轰烈烈的大场景有二十多个。当然，不都是政治家的场景。其中，也有著名大盗和著名大侦探斗智斗勇的激烈场景。有法国大盗亚森·罗宾沿奇岩城的石台阶向下狼狈逃窜的场景，也有神探福尔摩斯与无赖莫里亚蒂格斗的精彩场景。有被关押在石牢里的戴假面具的大盗；有飞檐走壁的戴黄金假面具的大盗；有在夜里的银座大街上快速爬行的青铜怪人；有沿着石台阶向下奔跑的戴骷髅假面具的大盗；还有出现在剧场走廊上的笑面虎大盗。除此之外，还有许多戴假面具的人和恐怖机器人的场景。

　　"沿这条走廊向前走，就能逐一欣赏到我刚才介绍的那些场景。好了，你俩就慢慢地观赏吧，我还有其它工作要返回办公室完成，只能陪你俩到这里，请原谅！"

　　中曾夫人说完便转过身走了，把两个少年留在参观途中的昏暗走廊上。两个少年无可奈何，只得继续朝前走。

　　中曾夫人介绍的那种场景一个接一个，而且一个比一个惊心动魄。像怪盗亚森·罗宾和神探福尔摩斯同时出现的场景，连着好几个。接下去，还有……

"啊，小林团长！"

"啊，明智先生！"

井上和野吕不约而同地惊呼，随后三步并作两步地朝那里跑去。在这种令人胆战心惊的参观途中能遇上明智先生和小林，简直增添了不可战胜的力量。

事实上，那不是真正的大侦探明智小五郎及其助手小林芳雄，而是两尊模仿他们的蜡像。小林芳雄，还是他们少年侦探团的团长。

他俩刚跑上几步，身体便撞到了木栏杆。栏杆外是参观走廊，栏杆内是一个个敞开式的房间，房间里，是各种场景。

眼前的敞开式的房间里，站着明智先生和小林。

面对蜡像，你即便大声喊叫，它们也不会回答你什么。你即便指指点点，它们也根本不会朝你看上一眼。它们还是它们，一动不动地站在原地。

"啊，这原来也是蜡像！真让人佩服！瞧这两尊蜡像，与我们的明智先生和小林团长长得一模一样。蜡像怎么能制作得如此相像，太令人不可思议了！"

井上佩服极了，连声感叹。

再往前走几步，是那个戴假面具的大盗的敞开式房间。

那是用石块砌筑的古代牢房，在几乎接近天花板的墙上有一扇小窗户，窗户上装有防止越狱的铁栅栏，几乎没有光线照进来。石牢房里站着那个曾经轰动世界的戴假面具的大盗的蜡像。

他是法国路易十四世时代的大盗，距今已经有大约三百年的历史。他在大巴士形状的石牢里，是一个脸戴假面具的罪犯。

他虽最终病死在牢房里，可一直到死都没有摘下假面具。据说他活着的时候，也没有人见过他的真实面目。

脸戴假面具的囚犯，到底叫什么名字？究竟居住在哪里？据说谁也不清楚。有关这一秘密，就连法官也被蒙在鼓里。法国的小说作家们对这一秘密做了许多人为的假设，编写了戴假面具的大盗的神奇小说。

因此，戴假面具的大盗的名字很快传遍了世界。

在日本也有两本《戴假面具的大盗》的翻译小说，一本是根据法国作家代麻先生的原作翻译的，另一本是根据法国作家卜阿古贝先生的原作翻译的。

此刻出现在井上和野吕眼前的，是被关在大巴士形状石牢里的戴假面具的大盗。

在戴假面具的大盗的蜡像面前，有一个年龄五十多岁、身体结实的男子蜡像弯着腰，好像在对大盗说着什么。两个少年琢磨了半天，他们估计那男子是石牢的看守。

假面具的嘴巴位置装有铰链，只有让他吃饭的时候，看守才用钥匙打开铰链的铁锁。平时给铰链上铁锁，是为了防止他随便说话。

井上和野吕看过小说《戴假面具的大盗》，更感到两尊蜡像组成的石牢里不仅弥漫着恐怖的氛围，还似乎遮掩着一层神秘的面纱。

他俩站在走廊上直愣愣地望着，许久许久。

"你说说看，戴假面具的大盗到底是什么人？"

"有的说他是法国国王的兄弟，有的说他是大臣，有的说他是主教，众说纷纭，说什么的都有。可他自始至终都使用假面具来掩盖真相，可见他是家喻户晓的人。"

井上对野吕说。

"你说说看，那假面具里的脸是什么模样？"

"这是蜡像，假面具背后的脸按理是不存在的，或者是……"

井上说到这里，不说话了。

如果假面具背后有蜡制作的脸，那又是什么模样呢？肯定是……想到这里，两个少年不再往下想了。

"去看下一个蜡像场景。"

井上牵着野吕的手，向前走去。只要顺着走廊转过弯，那里又是一个场景。然而，当他们刚要转弯的时候，野吕一把抓住井上的手，暗示井上。

"哎，井上，别被那家伙察觉！瞧，那家伙在偷看我们！咦，那家伙怎么会动？"

野吕把嘴凑到井上的耳边，战战兢兢地说。

井上悄悄地把脑袋探出拐角，窥视刚才的那个石牢，果然像野吕说的那样，奇迹发生了！

戴假面具的蜡像迈开脚步走出石牢，翻越隔断栏，沿着走廊磨磨蹭蹭地向前走去。此刻，戴假面具的大盗不再是刚才的装束，而是身披着不知从哪里拿来的黑色长袍。

活蜡像回来了

"野吕，走，跟踪这个家伙，走快一点呀！"

井上拽着野吕的手，跟在戴假面具的人身后若无其事地走着。

戴假面具的人的嘴和眼睛，看上去被蒙住了似的，可铁板之间连接的地方有缝，通过这些缝可以将外边的情况看的一目了然。否则，戴假面具的人不可能走得那么快。

可不管怎么说，这是一种不寻常的现象。瞧！两个少年原以为百分之百的蜡像，居然甩开大步走起路来。不用说，那不是蜡像，是人！

戴假面具的人似乎不知道背后有"尾巴"，在走廊上越走越快。忽然，那家伙停住脚步推了一下左侧的墙。那里好像有秘密通道，戴假面具的人仿佛被里边的风力吸进去似的，销声匿迹了。

　　两个少年赶紧跑到那里，还好门是虚掩的。那家伙进去之后，好像忘记了关门，两个少年推开房门走到里面。

　　门后面是一条狭窄的走廊，进房间后只能沿走廊向里走。片刻后，两个少年来到蜡像馆的边门。

　　蜡像馆外的天色，早已进入黄昏。蜡像馆前面是宽敞的不忍池，蜡像馆后面是一望无际的电车铁轨。铁轨两侧，是五颜六色的霓虹灯广告。再前面一点的路边，停有一辆黑色轿车。

　　戴假面具的人正在朝轿车的方向奔跑，身上的黑色长袍随风翩翩起舞，犹如巨大的蝙蝠。他推开车门刚钻入后排座位，车门便"啪"的一声被关上了。

　　关门声好像是什么信号，轿车"呼"地开走了，瞬间消失在浓浓的暮色里。

路上没有出租车，两个少年只得徒步追赶了好一会儿，可两条腿跑得再快，也比不过轿车的四个轮子。很快，他们之间的距离拉远了。

到底发生什么事了？戴假面具的蜡像突然撒腿跑到馆外坐上停在路边的轿车，不知到哪里去了。

两个少年由于紧张，呆呆地站了好一会儿。许久，他俩才缓过神来，为向中曾夫人报告这一可疑情况，他们又飞快地朝蜡像馆里跑去。

两个少年从售票处进去，敲了一下走廊右侧办公室的门。

"进来！"

房间里传出中曾夫人的声音。

两个少年推开房门走到里边。

房间中央的大桌子上，堆放着许多书籍。中曾夫人的座椅背后有一长排书橱，陈列着许多外国书籍和日本书籍。

"这不是刚才见到的两个来参观的少年吗？瞧你们俩脸上慌里慌张的表情，到底发生什么了？"

中曾夫人穿着明治时代的欧洲服装，头戴羽毛礼帽。她和蔼可亲地站起身，向两个少年走来。

"阿姨，那个戴假面具的人逃走了！"

"他是从边门溜出去的，坐上路边停着的轿车，不知道到哪里去了？"

两个少年先后向中曾夫人报告此事。

"什么？你俩在说些什么？"

中曾夫人满脸惊愕的表情，急忙问道。

"阿姨，那个戴假面具的蜡像逃走了！"

话音刚落，中曾夫人笑了。

"你俩在说梦话吧，蜡像怎么可能走路呢！别说傻话了，孩子。"

"阿姨，这是真的！您如果觉得我们是在说谎，那就请您一起到戴假面具的蜡像展区看一下！"

"好，去！你们也一起去！"

夫人说完便走在头里，她推开房门沿着走廊朝那里急步走去，两个少年也加快脚步，紧随其后，朝着那里走去。

一连转了好多个弯，终于来到戴假面具的蜡像展区。

"瞧，你俩果然在说梦话，你俩说的戴假面具的蜡像，不是好端端地站在这里吗？"

两个少年"啊"地惊叫一声。

夫人说的一点没错！也不知是什么时候，戴假面具的人已经返回原来的位置。此刻，这家伙已经脱去黑色长袍恢复了原来的外表。脱下的黑色长袍，不知被他藏到哪里去了。

"真不可思议，可我们说的不是什么梦话，是亲眼看到的。这家伙分明是坐上轿车逃走了，怎么又回到这里了？"

井上思索片刻，猛地想起什么。

"阿姨，我可以触摸一下蜡像的身体吗？"

"当然可以，你俩都到展区里触摸一下！"

于是，井上和野吕越过木隔断，走进石牢，小心翼翼地触摸蜡像的身体。

随后，他俩弯曲食指和中指敲打蜡像的身体，传出"嘭嘭嘭"的声音，蜡像的上身和两只手都确实是蜡制作的。他俩又敲打蜡像双腿，也十分坚硬，像树木一样。

"这戴假面具的人是百分之百的蜡制成的呀！可它刚才确实从这里溜出去坐轿车走了。"

　　井上莫名其妙地摇晃着脑袋，嘴里嘟哝着。

铠甲活了

　　且说那天晚上，东京都港区的有马大助家里发生了怪事。

　　戴假面具的人从蜡像馆里溜出来后，潜入有马的家里。有马居住的欧洲风格别墅，比一般别墅的占地面积和建筑面积要大许多。

　　有马的爸爸是某公司总裁，有马是长子，读小学六年级。

　　当天晚上十一点左右，有马突然尿急醒来，他穿着睡衣爬起来，上完厕所后沿着走廊返回卧室。

　　走廊很宽，角落里装饰着欧洲古代的铠甲。铁制的铠甲已经被岁月磨得发亮，尤其在黑夜里更是银光闪闪。铠甲上面挂有头盔和铁制护面具，粗看宛如身着铠甲头戴头盔和护面具的古代武士站在墙角。

三更半夜通过那里，更让人感到害怕，可有马早已习惯。然而，今天晚上似乎与平日里不同，有马经过那里的时候，他偶尔朝那里看了一眼，身上猛地鼓起了鸡皮疙瘩。

奇怪！他又侧过脸重新观察那里。

头盔和面具与平时大不一样，鼓鼓囊囊的，虽说外表还是往常那样，可形状改变了。

有马不由得暗自在心里喊了起来。

"啊！这家伙是戴假面具的人！"

有马曾经看过《戴假面具的大盗》，印象十分深刻，书中描写戴假面具的人的模样和特征，至今记忆犹新。眼前的铠甲、头盔以及护面具的形状，与小说里戴假面具的大盗几乎一模一样。

有马赶紧在走廊拐角转过弯去，打算尽快返回卧室。可他还是疑虑重重，故意用眼睛余光再偷偷朝铠甲瞟了一眼。

这个时候，不知从哪里传来奇怪的声音，好像是笑声。

莫非铠甲里有人？一想到这里，有马的头发立马倒立起来。

这个时候，更奇怪的事情发生了。

铠甲开始微微动起来。

起初，头盔和铁制防面具慢悠悠地晃动，随后银色铠甲也跟着动起来。

有马吓了一跳，拔腿就跑，可对方似乎早已察觉到有马的意图，便猛扑上来。

银光闪闪的铠甲站在有马的面前，伸出披有银色铠甲的手猛地抓住有马的肩膀。

"救命……"

有马扯开嗓门声嘶力竭地喊叫，可刚喊出两个字，喉咙便被对方的手给紧紧掐住了。

戴假面具的人抱起有马朝卧室里跑去，掀起床单并用力撕下一块，堵住有马的嘴巴，再将床单拧成一根绳索将有马五花大绑起来。然后，他走出卧室并在门外上完锁，消失在昏暗的走廊上。

不一会儿，戴假面具的人出现在有马家的古董文物陈列室里。

有马的爸爸有马总裁还没有入睡，此刻正在书房里写信。正巧信上要写一段描写佛像的细节，需要到陈列室里走一趟。

他站起身，朝陈列室走去，推开房门，发现漆黑的陈列室里有一个奇怪的影子在晃动。他赶紧关上门并留出一条缝隙，顺着缝隙观察着陈列室里的情况。

陈列室里放着许多落地玻璃橱柜，玻璃橱柜里有各种各样的古董文物。房间右侧墙角放有一个大保险柜，里面放着最值钱的古董文物。

铠甲龟缩在保险柜跟前，转动着密码锁。一直装饰在走廊角落的铠甲，竟然跑到陈列室里企图打开保险柜。

有马总裁觉得，欧洲铠甲里一定有盗贼，让装饰在走廊墙角的铠甲竟然"活"了过来。盗贼多半是在大白天里潜入住宅并藏在铠甲里的，等到三更半夜时再去盗窃保险柜里的宝物。

有马总裁赶紧锁上房门，迅速返回书房并拨通私家侦探明智小五郎的事务所电话。

"是明智先生吗？我是有马，一直承蒙你的关照，谨此感谢。刚才我家里发生了怪事，在走廊角落里的铠甲里不知谁钻了进去，居然进入我家的古董文物陈列室里，蹲在保险柜前企图盗窃。

"保险柜里放有星光宝石王冠，那是我家的传世珍宝。情况十万火急，劳驾您即刻光临寒舍……当然，我接下来就报告警方。

"根据我的感觉，这家伙好像不是一个普通盗贼，您不亲临寒舍，我是放心不下的。"

话还没有说完，书房的门被轻轻地推开了，门口站着银光闪闪的铠甲。

"怎么？给明智小五郎打电话了，你想喊他来吗？我看没有那个必要，我希望你别那样做，知道我是谁吗？当然，叫我戴假面具的人也行。"

假面具上铁板之间的连接处，传出粗而嘶哑的声音。

有马总裁被突如其来的声音吓得说不出话来，呆呆地站在那里，连说话的力气也没有了。

戴假面具的人不慌不忙地走到有马总裁跟前，左手一把夺过电话听筒，右手则用枪对准有马总裁的胸膛，示意他老老实实地站好别出声。

"是明智吧！我是天下第一大盗，也是无所不能的神盗，在社会上还有人称我是'恐怖王'。

"今天，我拜访有马总裁主要是取星光宝石王冠，有马总裁家的保险柜密码，我早就研究过了。

"我可以不费吹灰之力，轻而易举地取走王冠。哈哈哈……你不必赶来，就是来了也是白来，等你匆匆赶到这里的时候，我早就远走高飞了。"

电话里传出明智大侦探沉着而又冷静的声音。

"你说你不要我来，岂不是废话！我是不会听从你的安排的，既然有马总裁委托我，我是非来不可。当然，在我赶到时你已经逃之夭夭，可不管你逃到哪里，也逃不出我的手掌心。

"有马先生的家里，你已经留下供我侦查的线索，诸如指纹和脚印之类的，无论你怎么擦拭也无济于事。还有一些线索，你肉眼是看不见的。

"等到达现场后，我会调查取证的。第一，我要弄清楚你到底是什么人化装的；第二，最终将你捉拿归案。哈哈哈……对不起，那是我的工作。"

大侦探胸有成竹，戴假面具的大盗则着急起来。

"好，随你的便！我也有我的工作，现在也不是公开我真实身份的时候，再说你还不清楚，我到底持有何种程度的魔力。啊哈哈哈……"

戴假面具的人说到这里，突然挂断电话，而后他又拨通了另一个电话，用暗号交谈了片刻。呆在一旁的有马总裁，呆若木鸡地望着正在通电话的怪物，听不懂他到底在说些什么。根据怪物说话的语气，接电话的人可能是他的部下。

移动的房间

明智侦探事务所的某个房间里。

"居然又出现了一个自称神奇大盗的家伙，说什么他还有两个外号，一个叫戴假面具的人，另一个叫恐怖王。小林，听说有马总裁家的传世珍宝星光宝石王冠已经被他盗走了。

"刚才他跟我通电话，要我别去现场，这说明他害怕我，可能过去与我们打过交道。因此，我现在就去现场，小林，你去叫一辆车来。"

明智大侦探吩咐助手小林。

"先生是一个人去吗？我去行吗？"

小林不太满意先生独自一人去现场的决定。

"你留在事务所里值班，万一我遇上不测，你就可以设法救我。对付这家伙，你和我最好别一起行动。"

被先生这么一说，小林无话可说，他拿起电话，立即给出租车公司打了电话。

过了一会儿，明智侦探事务所的门前有一辆轿车在鸣喇叭，意思是说"出租车到了，请客人上车"。

明智大侦察叮嘱小林几句后，独自一人走出玄关，向停在路边的出租车走去。这个时候，怪事发生了。从门前的昏暗处窜出一个三十岁左右的男子，好像是一个流氓。

那家伙悄悄地靠近明智大侦探的背后，不知想干什么。车门是开的，明智大侦探弯下腰打算上车。猛然间，他觉得车里的氛围有点异常，赶紧向后退去。

怎么回事？怎么与平时常租的那辆车不同？司机的模样很奇怪，后排座位上还坐着一个陌生男子。

忽然，有人从他背后使劲撞来，就是那个刚才跟在明智大侦探身后的流氓。

那家伙撞罢又抱起明智大侦探的腰部向车里猛推，车里的两个家伙也探出身体。有的用手臂夹住明智的颈部，有的用手拽明智的手。就这样，明智大侦探被强行推上了奇怪的出租车里。

对方是三个彪形大汉，加之出其不意，明智小五郎的空手道招式都来不及使就当了俘虏。

此时，路上没有行人，即便大声狂喊也是白搭。

明智大侦探刚要大声喊叫，便被身后的家伙用白色手巾捂住了鼻子和嘴巴。

手巾湿漉漉的，臭味从鼻孔直冲脑门，是麻醉药！一会儿，大侦探便倒在座位上昏迷不醒。

过了一会儿，明智大侦探睁开眼睛，如梦初醒。

他环视一眼四周，这是一个非常舒适的房间，虽面积不大，但似曾相识。明智大侦探到过法国，曾在这样的房间里居住过。装饰豪华的法国客厅，使明智大侦探触景生情，不断地追寻记忆。

客厅天花板上悬挂着大型水晶灯，中间是白色而又精致的椭圆形桌子，椅子上的坐垫和靠垫都是高档织锦缎。

"我是被几个流氓抓到这里，那捂在我嘴上的手巾沾有麻醉药，使我失去了知觉。"

他试着活动了一下手脚，没有绳索，是完全自由的。自己躺在长沙发上，好像睡了很长时间。

突然，门开了，走进来一个美少女。看她脸上的神情，似乎已经在门外等了很长时间。终于等到明智大侦探苏醒了，她才迫不及待地推门而入，手上托着放有咖啡杯的银盘。从外表看，美少女好像是高中学生。

"先生，您醒了。"

美少女把银盘放在桌子上，主动和明智大侦探搭讪。

"真是糟透了，好在身上没有受伤。"

明智大侦探仿佛还在梦里，躺在沙发上发呆。

他不明白这少女怎么会出现在自己的眼前，更不明白日本怎么也有与法国如此相似的住宅。

"这是谁的住宅？还有，你是谁？"

大侦探问美少女。

"这儿是救你的那个人的家里，我是这家的女儿。"

"原来是这样，可我是被几个坏蛋连推带拖地拽进出租车里的呀！那捂在我嘴上的手巾沾有麻醉药，于是我不省人事了。小姐，从我昏迷到现在，已经有多长时间了？还有，这里究竟是法国巴黎还是日本东京？"

"当然是日本东京！不过，先生，你最好别东猜西想的。"

"我元气已经恢复了，身上也没有受什么伤，只是脑袋昏昏沉沉的。"

明智大侦探说完，打算在长沙发上转动一下身体，可稍一转动，顿感整个身体似乎不是属于自己的，整个房间都在摇摇晃晃，犹如天旋地转。他赶紧伸出双手，紧紧地抓住长沙发的靠背。

这房间好像是在宇宙中飘浮着。

"不知咋的，我一点精神也打不起来。小姐，你是否能让我拜见一下这家主人啊？我得当面谢谢他才是呀！"

"那就免了吧！再说，主人也不在家。"

"小姐，房间怎么没有窗户，大白天也开灯吗？太奇怪了，现在到底是白天还是晚上？"

"是晚上，刚过八点。"

"今天是几号？"

"十六号。"

美少女答道，并用手捂住嘴巴笑了。

"我被拽入车里的那一天，是十五号晚上，照这么说，我已经在这里待了整整一天了！"

他自言自语，心里总觉得不太对劲，例如美少女过分亲热的语气，没有窗户的房间……尤其这个房间，仿佛是在大海里挣扎和飘摇的一叶孤舟。

"这个房间到底在几楼？为什么摇摇晃晃的？这是塔上的房间吗？

美少女说话的语气，心里似乎在笑。

"先生，您没有不舒服的感觉吧？有人关照我，尽量把您住宿的这个房间布置得舒适一点，让您心旷神怡地享享清福。有人说，您在这个房间里会住上一段时间，让我伺候您。先生，如果有什么不满意的地方，请尽管提出来。如果有什么要求，请尽管吩咐。总之，我一定好好伺候您。"

美少女自始至终都彬彬有礼。

"你说我在这里要住一段时间，别开玩笑了，还有许多公务等着我呢！"

美少女的一席话，让明智大侦探深感惊讶，刹那间，他觉得自己仿佛是被关在笼子里的鸟。

"您别这么着急呀！我刚才不是说过了嘛，您最好别胡思乱想。"

美少女似乎十分同情大侦探。

"好了，我过一会儿再来，快趁热把这杯咖啡喝下去吧。"

美少女说完，像逃跑一样朝门口匆匆走去，明智大侦探一边说"等一等"，一边离开沙发并打算追上去。可他还没有走上两三步，脚就被什么东西绊住了，扑通一声倒在地上。

"嘻嘻嘻嘻……先生，您最好还是躺着别动。"

美少女嘲笑般地说完，便朝门口走去。

原来，明智大侦探的脚踝被套上了铁圈，铁圈上的铁链拴在了沙发脚上，明智大侦探的活动范围就是沙发四周，宛如动物园里被关在铁笼子里的熊。

假面具活了

"小姐，小姐，我要上厕所，快帮我解开脚上的铁圈！"

明智大侦探大声招呼着正要关门的美少女。

一听这话，美少女很不情愿地返回房间。

"是真的吗？真的要上厕所吗？"

"上厕所还会有假啊，请你解开铁圈。"

美少女弯腰蹲在大侦探脚边，从袋子里取出钥匙打开铁圈。

明智大侦探向门外走廊上的厕所走去，突然他笑了。

"这下我可自由了，我要是现在逃跑，能逃走吗？"

美少女听罢大吃一惊，从背后取出小手枪瞄准了明智大侦探。

"逃跑可不行，除此之外您做什么都行，希望您别逃离这里，拜托了！"

美少女满脸悲伤的表情，哀求着明智大侦探，岂料明智大侦探哈哈大笑起来。

"我是开玩笑的，我怎么会逃走呢！"

趁美少女放下心来的时候，明智大侦探猛扑上去夺下了那支手枪。

"啊！这可不行，您还不知道这里是什么地方，不行，不行……"

明智大侦探推开缠着自己的美少女，不料一个坚硬的东西猛地顶住了他的背部。

"举起手来！快扔掉手枪！否则，你背上就会留下一个洞！"

顶住他背部的那个坚硬的东西，不是别的，而是手枪。此刻，两个蒙面男子站在他的背后。

明智大侦探被带回刚才的房间里，这一回不是躺在长沙发上，而是坐在普通的椅子上，和大拇指一样粗的绳索，把他连同椅子绑在了一起。

　　"哈哈哈……只要你放老实点，比起这，还是脚上套铁圈比较舒服，你这家伙真是狗坐轿子不识抬举，只能剥夺你的自由了，活该！"

　　两个男子恶狠狠地说完，和美少女一起走出了房间，随后在门外侧上了锁。

　　明智大侦探被绑在椅子上，一点儿也不能动弹。对手确实是一个不易对付的狡猾家伙，原以为只有美少女一个人在看守他，没想到还有两个五大三粗的家伙。

　　"这个房间太不可思议了，既没有窗户，又好像坐落在高高的塔顶上，一直不停地摇摆。不仅如此，这房间里好像还有什么暗道机关。

　　"刚才，自己的眼睛一睁开，美少女就来到身边了，速度简直惊人，好像有人躲在什么地方监视着自己。"

　　明智大侦探暗自思忖，转动着眼眸重新环视

着房间。

四周的墙上挂有各种各样的油画及南洋土族人制作的假面具和魔术师的滑稽假面具等。

明智大侦探的视线沿着四周的墙壁逐个观察，片刻后，目光停留在那个魔术师的滑稽假面具上。

假面具的肤色与墙壁的颜色一模一样，中间的鼻子又红又圆，两边的脸颊上涂有红红的实心圆圈，眼睛细得像一条线，上下眼皮的表面画有黑色的竖线。帽子尖顶，红白相间，这假面具好像是欧洲魔术师惯用的黏土烧制的。

明智大侦探为什么目不转睛地紧盯着这个假面具？此时此刻，大侦探的目光与假面具的目光交织在一起，似乎在怒目对视。

不一会儿，明智大侦探微微笑了，挂在墙上的假面具也笑了。

"啊哈哈哈……站在那里的丑角，你是活人还是死人？你把脸从那个墙洞探出，以营造假面具挂在墙上的假象。你这家伙，一直在那里监视着我，真没有出息！"

墙上的假面具见自己已经被明智大侦探识破，便睁大眼睛张开嘴巴说话了。

　　"你终于明白了，作为堂堂的大侦探明智小五郎，直到现在才明白其中的奥秘，是否太迟了一点？"

　　墙上原本挂着土制假面具，可歹徒模仿土制假面具进而化妆自己的脸，而后从墙上卸下假面具，再在那个位置上挖了一个洞，随后将自己的头探出墙洞并监视着明智小五郎。

　　"喂，丑角，你那样做难道不觉得疲劳吗？怎么样，还是到房间里来聊聊天吧！"

　　明智大侦探用对朋友说话的语气劝诱对方。

　　"哦，是有点疲劳，可再怎么疲劳，我也不能接受你的命令！"

　　假面具的鲜红嘴唇一张一闭，一口拒绝了明智的邀请。

　　"我让你进房间来，是有事求你。"

　　"求我？你这个狡猾的家伙，我可不上你的当，你还是快说吧，求我什么事？"

“我想抽烟。”

“哈哈哈……你想抽烟，想借抽烟的机会让我给你松绑，那是不可能的。”

“不必松绑，你只要取出我口袋里的烟盒，从烟盒里取出烟放在我的嘴里，再请你给我的烟点上火就行了。我已经整整一天没有抽烟了，打不起精神，对我来说，抽烟比吃饭还重要，快给我抽烟吧！”

“原来如此，我也是烟鬼，十分理解你。好吧，我到你的房间里来帮你点烟。”

话音刚落，戴假面具的人便从洞口缩回脑袋，随后在墙的表面挂上了真正的土制假面具。

与敌人周旋

片刻后，门开了，戴假面具的人进来了，身上穿着黑色的紧身衣裤。

"烟盒放在哪里了？"

"在这里，在右边的口袋里。"

那家伙把手伸到口袋里取出烟盒，打开盒盖。

"怎么只有一支烟。"

"只要能抽上一支就行了，快让我抽吧！"

"好，你把它叼在嘴里，我来给你点火。"

戴假面具的人让明智大侦探用嘴把烟夹住，他用打火机给点着了。

"好，你就慢慢地抽吧，我到那里去休息一会儿。"

戴假面具的人说完，便朝门外走去。

被绑在椅子上的明智大侦探，一边吸烟一边盯着墙上的土制假面具。

这是一张真正的土制假面具，没有被化妆过的人脸替代，整个房间里，除了刚才那个家伙外，没有第二个人在监视自己，而且在相当长的一段时间里不可能换上人脸。再说那个戴假面具的人，可能休息去了。

明智大侦探把烟叼在嘴里，脸上堆满了笑容，他大口大口地猛吸起来，似乎已经计上心来。

烟燃烧得很快，眼看就要烧到嘴唇了，奇怪的是，烟灰不停地掉落，烟的长度却一点也没有缩短，并且燃烧的地方在闪烁着银光。

明智大侦探叼着烟低下脑袋，将烟上的银色部分靠近胸前的绳索。

他大概是想用烟火烧断绳索，可新绳索是不易被火点燃的。

明智大侦探将烟摁在绳索上，突然在香烟头上出现了一把银色的小刀。

明智大侦探叼着小刀，开始在绳索上来回割了起来。

刀上有小木柄，上下牙齿咬住小木柄，刀在绳索上摩擦着。

这支香烟里竟然藏着一把锋利的袖珍小刀，歹徒是不可能想到的。歹徒把烟盒里这支唯一的特殊"香烟"叼在明智大侦探的嘴里，还真以为明智大侦探想抽烟，没有起任何疑心。

这个办法太妙了，只要随身带有这样的"烟刀"，无论身上被绑有多少道绳索，无须费力就可以松绑，只需割断胸前的这根绳索，其余的绳索也就自然而然地解开了。

两分钟过去了，绳索断了，转动一下身体，所有绳索开始松动了。终于，明智大侦探的手脚获得了自由。

离开椅子，他悄悄地走到门口，把耳朵贴在门上，随后他轻轻地拉开房门，走廊上好像一个人也没有，他来到走廊上，径直向前走去。

走廊尽头是狭窄的楼梯，明智大侦探踮起脚尖沿楼梯向上走去。楼梯的尽头有门，他竖起耳朵偷听的同时拉开了房门。

门外漆黑一片，意想不到的是，海水味儿直往鼻孔里灌。

"喂，逃走了，明智那家伙割断绳索逃走了！"

不知从哪里传出的喊叫声。

明智大侦探在黑暗中奔跑起来，突然他觉得身体在慢慢悠悠地晃动。

背后传来枪声，是朝天鸣枪吓唬吓唬而已。

明智大侦探拼命飞奔，跑了十多米后，猛地撞上了坚硬的东西，好像是楼梯的扶手。

"啊哈哈哈……受惊了吧！明智先生，你知道这是什么地方吗？你会游泳吗？难道你打算横渡大海？"

明智大侦探看向扶手的下边。

亮晶晶的，是水！朦胧的星光下，海水正在无忧无虑地荡漾，蓝黑色的波浪不时地溅出白银般的浪花，不断地飘向远方。

啊！原来是在船上。听！汽船在大海上行驶，不知驶向何方。没有窗户的房间在不停地摇晃，原来是船在海上行驶的缘故。

太出乎意料了！自己居然被关押在船上，昨晚的那些歹徒们，简直太可恶了。

自称恐怖王的怪盗竟然拥有汽船，无疑是规模相当大的盗窃团伙。该团伙的首领恐怖王究竟是何许人物？那个打扮成泥制假面具的家伙，说不定就是所谓的恐怖王。

明智大侦探被盗贼们追赶到船首甲板的扶手边，眼下除了跳海别无它路。

大侦探虽擅长游泳，但也不可能横渡大海，跳入大海，等于死路一条。

明智大侦探眉头一皱，计上心来，他告诫自己，越是这种时候，越要保持沉着和冷静。

"啊哈哈哈……怎么样？明智先生，想横渡大海吗？啊哈哈哈……"

黑暗里，戴假面具的人一边朝自己走来一边皮笑肉不笑地说。

说时迟，那时快！明智大侦探的脑海里又一次急中生智。

"游这样的大海，我可以不费吹灰之力！"

明智大侦探大声说完，随手拎起放在脚边的木桶，将其扔入海里，制造自己跳入大海的假象。他拎木桶的速度只是瞬间，远比脚踢的速度还要快。

黑暗里，木桶被扔入海里并溅起白色的水沫也发出了扑通的响声，与人跳海时发出的声音完全相同。

就在木桶掉入水里的同时，明智大侦探一个鱼跃躲在了船舷外侧。

"明智跳海了！跳海了！快放下救生船去追！"

传来戴假面具的人的大声命令，接着有人朝船尾甲板跑去，好像有两三个人奔跑的脚步声。

汽船船尾上垂吊着一艘救生船，盗贼们按动开关，吊绳松开，救生船迅速降落到海面上。盗贼们一边划桨，一边在汽船周围的海面上搜索。

明智大侦探隐藏在船舷外侧，身上穿的又是黑色衣裤，所以他没有被救生船上的盗贼们发现，救生船从明智大侦探的身边匆匆驶过，朝船首驶去。

危险过去了，明智大侦探沿着船舷外侧向上爬行，翻越扶手后趴在昏暗的甲板上。

甲板上放着好多木箱子，明智大侦探躲到了木箱子的后面，这时候在甲板上传来走路的响声，不用说汽船上还有好几个盗贼。

戴假面具的人为及时了解救生船在海上搜索的情况，在甲板上跟着救生船打转，躲在木箱子后面的明智大侦探也绕着木箱子转并使劲地屏住呼吸，不让对方察觉。

"喂，发现明智了吗？"

这喊话声怎么这么耳熟啊，好像在哪儿听到过。明智大侦探从木箱子的后面探出脸来，原来是戴假面具的人，从他说话的口气来看，无疑是盗窃团伙的首领。

假设他是首领，那墙上的"戴假面具的人"和自称"恐怖王"的怪盗就是他！

明智大侦探打量了一下这家伙，右手握着手枪，在微弱的星光下，他的脸上模模糊糊的，看不清楚。

"首领，明智这家伙不知逃到哪里去了，我们搜索到现在，连他的影子都没有发现……"

从救生船上传来盗贼的喊叫声。

"那不可能，说不定那家伙紧贴着船舷外侧。快！快沿汽船周围仔细搜索……"

戴假面具的人又发出了命令，就在这个时候，明智大侦探从木箱子的后面窜出，猛击了戴假面具的人的肘部并打掉了他手中的枪。

"你，你是谁……"

戴假面具的人转过身猛扑上来，于是两个人扭打起来，他们在昏暗的甲板上滚来滚去。

角色互换

　　他俩在甲板上打得难解难分，时而是大侦探骑在怪盗身上，时而是怪盗骑在大侦探身上，几个回合后，终于分出胜负。

　　大侦探骑在怪盗身上，死死摁住对方，双手犹如大铁钳一样。刚才还在大声嚷嚷、发号施令的怪盗，顷刻间像一头受伤的猪一样直喘粗气。明智大侦探使出空手道的招数，双手掐住了对手的脖子。

　　环视周围，甲板上没有一个人影，刚才两人格斗时嘴里都没有发出声音，汽船上的盗贼们都不知道这里发生了什么。

明智大侦探把有气无力的戴假面具的人拽到木箱子的后面，脱下自己身上的衣服给对手穿上，再摘下对手脸上的假面具戴在自己脸上，又摘下其头上那顶红白相间的尖帽子戴在了自己的脑袋上。

转眼间，两人的角色替换完毕。瞧！倒地的是明智大侦探，站着的是戴假面具的恐怖王。

平日里，明智大侦探除穿黑裤子以外，上身是西装和衬衫，而衬衫里还穿一件黑色衬衫，一旦遇到危险，只要脱去西装和衬衫，全身上下就变成了黑色，再戴上假面具，就可与大盗一模一样。

明智大侦探不知从哪里找来的绳索，将怪盗的手和脚绑得结结实实，再用大手帕堵住其嘴巴。明智大侦探在怪盗身上的关键部位使劲捣了一下，让对手打起了精神。

怪盗醒了，可手和脚已经失去自由，嘴巴也不能动弹，只得眼巴巴地望着明智大侦探得意的神情。

明智大侦探找来一大卷帆布，把怪盗包了起来并扔在角落里，自己则从甲板上捡起手枪，扮演起团伙首领的角色。

他走进船上最豪华的房间里，坐到椅子上按了桌子上的开关。

不一会儿，有一个部下走进来。

"首领，有什么吩咐……"

"嗯，你应该是知道的吧？我把那个王冠藏到哪里去了，快去给我取来！"

明智大侦探模仿首领的"虎声"，语气粗暴。

"是！可首领是自己藏起来的，怎么瞬间又忘记了？"

部下满腹狐疑地问道。

"你说什么？我怎么不清楚自己藏的东西在哪里，主要是想考考你是否知道。喂，在哪里？快去给我取来！"

"就是原来的地方啊！瞧！就在那个首领珍藏宝物的壁橱里！"

"好，你记性还真不错，可已经上锁了，你知道钥匙在哪里吗？"

"在桌子的抽屉里，是右侧最上边的一个抽屉。

抽屉里有笔记本，钥匙就夹在笔记本里。这，首领怎么也忘记了？"

"我怎么会忘记呢！我刚才说了，是考考你。好，没有你的事了，出去吧！"

部下恭恭敬敬地退到门外，脸上戴着假面具，与首领一模一样的明智大侦探，没有被进来的家伙看出丝毫破绽。

明智大侦探从笔记本里取出钥匙后打开壁橱门，取出装有星光宝石王冠的首饰箱，打开箱子核实了一遍。

这就是那个由众多宝石组合而成的黄金王冠，此刻正躺在首饰箱里的台座上呢！明智大侦探瞅着耀眼的王冠，呆呆地凝视了好一会儿。过了一会儿，他盖上首饰箱并夹在腋下，朝船尾的甲板走去。途中，他经过部下房间的门前，没有人怀疑他。

他站在甲板扶手的内侧，俯视昏暗的海面，正巧那艘沿汽船搜索一圈的救生船返回来了，明智大侦探探出脸，看着救生船上的盗贼们。

"首领，我们白转了一圈，不管怎么搜索，连个人影也没有见着，明智这家伙八成被鲨鱼吞到肚子里了。"

救生船上传出部下的喊叫声。

"好吧，别再找了，你们上汽船吧！"

明智大侦探模仿首领的声音命令着盗贼们。

盗贼按动开关，用船尾起吊钩钩住救生船徐徐朝甲板上升起。

"你们辛苦了，到房间里去喝一杯酒吧！明智完蛋了，我们大家应该好好地庆贺庆贺，从今往后，我们的盗窃事业将不再有什么麻烦了。"

明智大侦探自始至终都模仿着首领的说话语气，一副自鸣得意的样子。

等部下们一回到房间里，明智大侦探立即按动开关将那艘救生船又降回了海面，自己迅速地坐到了船上。他不仅巧妙地脱身了，还把有马总裁的星光宝石王冠也带走了。

明智大侦探卸下钩住救生船的升降钩，乘着昏暗的夜色朝东京方向划去。救生船上有桨，一个人不易划动，而且也很难掌握方向。他琢磨了片刻，索性把桨拿到船尾当橹划了起来。渐渐地，救生船与汽船之间拉开了距离。

两百米，三百米……五百米，两船的距离越来越远。很快，汽船消失在救生船背后那浓浓的夜色里。他奋力地划着救生船，一路上幸亏没有遇到汹涌的波浪。

狼狈不堪

这个时候，汽船上出现了骚动。

首领不见了！部下们从船首找到船尾，都没有发现首领的踪影。

闯入关押明智大侦探的房间里，地上是乱七八糟的绳索，不用说明智大侦探早已无影无踪了。

部下们越发摸不着头脑，他们分成几组在船上分头寻找。

其中一个部下打开手电筒，在船尾甲板上寻找。

忽然，不知从哪里传出的响声。

"是谁？"

一个部下大声喊道，对方还是没有回答，可响声还是不停地传来。

"奇怪呀！"

部下急忙竖起耳朵辨别，根据声音寻找方位，再将手电筒对准那里。

帆布在蠕动！也许帆布里藏有什么动物，有一个部下壮着胆子向那里靠近，并抓住帆布的一角使劲地掀开。

"好啊，明智藏在这里……"

甲板上躺着一个身穿黑色西装、手脚被绑着的家伙，这家伙正在一个劲地颤抖，部下看到这身打扮，认定此人就是明智。瞧，大手帕不仅堵住了嘴，还蒙住了大半个脸。那身衣服，是明智的西装，乍一看，酷似明智。

部下突然撒开双腿朝船上的房间跑去，声嘶力竭地一路喊叫，一会儿后，他便带领着六七个同伙朝帆布卷跑去。

"怎么了？怎么了？"

"什么？你发现了被绑起来的明智了！"

"这么说，肯定是首领把明智绑起来的！"

大家议论纷纷，弯着腰查看着倒地的男子。

"喂，大家看！这不是明智，明智的发型不是这样的。"

"你说什么，你说他不是明智，那又是谁呢？"

"这，我说不上来，总之不像是明智！"

这个时候，倒地的男子又是瞪眼睛又是高抬起被捆绑的双腿敲打着地面，好像是十分生气的样子。

"再仔细检查一下，快把他嘴里的手帕拿开！"

有一个部下走到被绑男子的跟前拿开手帕。

于是，他的整张脸显现了出来。

"啊呀！怎么是首领，是首领！"

"快，大家别磨磨蹭蹭的，快松开首领身上的绳索！"

部下们小心翼翼地为首领解开绳索。

"混蛋！你们都是些没有用的饭桶，明智戴上我的假面具，化装成与我相同的模样。现在，他肯定躲在汽船上的某个地方，快给我分头去找！"

"首领，船上我们已经找过好几遍了，就是没有发现这家伙的影子。"

"咦，那太奇怪了！"

"首领，首领，您刚才在甲板上对我们说，别搜索了，快上汽船吧！"

其中一个部下提醒首领。

"我根本没有说过那样的话，那不是我。"

"照这么说，那是明智？他脸上戴着假面具。"

"还有一件更糟糕的事，首领。"

一部下低头哈腰地说。

"什么糟糕不糟糕的，快说！"

"首领，您刚才把我喊到房间里还问我星光宝石王冠放在哪里，有这事吧？"

"我根本就没有问过你，我怎么会问你藏星光宝石王冠的地方呢，我又怎么会忘记它放在哪里呢？"

"啊！不好，那家伙是明智小五郎，混蛋……"

"喂，你到底想说什么呀？是明智问你的吗？"

"是的，我根本就不知道那家伙是明智，我当时还想，首领怎么会提出这么奇怪的问题。"

"你，你，那么，也许……"

"首领，我犯错了！星光宝石王冠被明智拿走了。"

"你把它交给化装成我的明智了？"

"是的。"

"啪！"

首领伸出右手狠狠地扇了部下一个耳光，那个部下捂住脸颊连连后退。

"快，大家分头去找明智，他肯定还在船上，我费了九牛二虎之力弄来的星光宝石王冠，大家必须给我找回来！不管遇上什么情况，必须把明智给我抓来……"

于是，船上的搜索行动开始了。

这个时候，刚才坐救生船下海搜索明智的三个部下，一边窃窃私语一边朝船尾甲板那儿走去。

"喂，去看看那艘救生船，说不定明智混蛋躲在那艘救生船上。"

"嗯，我也是这么想的。"

三个人抓住扶手看向昏暗的大海，随后又朝船舷看了一眼。

"啊，救生船怎么不见了？"

只见升降钩无精打采地垂在船舷外侧，救生船已不知去向。

三个人赶紧跑到首领那儿报告。

"你们说什么？救生船不见了？"

首领歪着脑袋思忖起来，部下们相继到船尾查看，救生船确实不见了。

如果是大白天，兴许能发现明智坐船逃走的痕迹！可现在是伸手不见五指的夜里，根本就无法搜寻。

首领命令汽船调头朝东京驶去，一路上搜索那艘救生船。但结果还是没能找到明智大侦探的踪影。如果与东京港的距离靠得太近，也许会招来水上警察，后果将不堪设想，于是首领下令停止搜索。

一个星期过去了。有一天，明智侦探事务所接到一个奇怪的电话。

明智先生一拿起听筒，电话那头便传来阴险的笑声。

"嘿嘿嘿……是明智先生吧！我是戴假面具的恐怖王，上回我欣赏到了你高明的手法，佩服，佩服。我失败了，那是我的耻辱，但我是从不认输的。

"这仇我是一定要报的。明智先生，我今天奉劝你小心为妙，别碰上我的杀手锏。我恐怖王的许多魔招，还没有一一展示呢！你只要麻痹大意，就会饱尝我的铁拳。

"至于那个星光宝石王冠，本人已经不再感兴趣了，因为我又有了新的目标。当然，我所瞄准的猎物是一个比一个大。请问你能知道我下一个目标是什么吗？

"嘿嘿嘿……不管你这个侦探有多么神奇，对于我的新目标你恐怕是猜不出来的，好了，你也别费心了！到时候，我会轰动整个东京甚至日本，可比起轰动东京，让你在众人面前难堪和出丑却是我真正的目的。

"这一回不是什么普通的戴假面具的人了，不会再使用那么简单的魔法了，而是一看就能吓破人胆的假面具，完全可以让整个东京天天处在鸡犬不宁的混乱境地。"

对方说完，明智大侦探笑了。

"哈哈哈……你是在电话里向我挑战吗？那好啊！不管什么时候，我都非常乐意奉陪。上回汽船上你有那么多的部下，为顾及面子没有把你抓走，只是取走了星光宝石王冠。

"这回再让我碰上，可不会那么便宜你了，一定要将你捉拿归案、绳之以法，等着被法律制裁的人，应该是你。"

"嘿嘿嘿……接下来，东京可热闹了！明智大侦探与戴假面具的恐怖王将摆开擂台，一决雌雄，这是巨人与怪人之间的交战。不过，在交战之前请明智先生要多多保重身体哟！好了，再见！"

咔嚓一声，对方挂断了电话。

黄金假面人

从那以后的一个月里，东京市里平安无事，可东京市的三十三间堂那里，发生了一件怪事。

三十三间堂是一座佛教庙堂，排列着几百尊金光闪闪的佛像。这些佛像与现代人的身高比例相同，庙堂里有一条朝拜佛像的专门通道，供游人和香客使用。

那天傍晚，小学六年级学生高桥少年和丸山少年沿大堂里的朝拜通道向前走着。黄昏来临，朝拜者都已经回家，空无一人的庙堂里，只有这两个少年的身影。

像这样的庙堂里即便没有人也未必空旷，里三层外三层的金佛像几乎占据了庙堂的一大半空间。

金佛像笔直地站在那里，可洒落在庙堂里的暗淡光线，总让人觉得似乎走进了阴森的地狱。

"高桥，快回家吧，这儿一个人也没有。"

丸山胆怯地说。

高桥猛地停住脚步，吃惊地注视着佛像群中的一尊佛像。

"高桥，你看到什么了？快说呀！"

丸山问道。

高桥用食指竖在嘴巴前嘘了一声，并用眼神向丸山示意"有情况"的方位。

丸山顺着高桥眼神示意的方向，瞪大眼睛朝佛像群中央看去。

咦！聚集在一起的佛像中间，有一尊与众不同的佛像。

大家一看就明白，这尊佛像的身体比其它佛像要大出许多，头上还缠着与印度人相同的头巾。不过，他的头巾颜色不是白的，而是金色的，身上宽大的长袍，颜色也是金色的。

不用说，脸和其它佛像一样也是金色的，可比其它佛像的脸要大一圈，酷似戴假面具的人。面对这样的佛像，着实让人不寒而栗。

也许是幻觉，或许是奇想！瞧，那一排佛像似乎都侧过黄金般的脸，将所有目光投向他俩。两个少年也瞪大眼睛，犹如豹子般的眼珠子，与佛像们对峙了好一阵子。

突然，那尊怪佛像开始扭动身躯，脸上的嘴唇猛地变成镰刀形状，上下嘴唇之间出现一条又长又黑的扁缝，那表情好像在笑，在无声地笑。

由于过分紧张，两个少年浑身上下微微麻木起来。高桥鼓起勇气，拉着丸山的手躲到了那尊怪佛像的视线之外。随后，高桥把嘴巴凑到丸山的耳边细细说了起来。

"你看见那个家伙了吗？不是佛像，肯定是人！他不仅身体在微微晃动，眼睛还对着我们笑呢！"

"嗯，我也看到了，那家伙的确可疑，说不定是妖怪！"

"什么妖怪啊，这世界上根本就没有妖怪，肯定是不怀好意的家伙！你想，他把身体藏在金佛像里是为了什么？一定是打什么坏主意！我们先躲在这里观察，这家伙可能还会挪动脚步呢！"

两个少年躲在遮掩物后边，仔细地观察起来。

高桥少年的猜想果然没有错，那尊可疑的金佛像果然动了。这怪佛像在佛像群里穿行，朝通道走来。一走出佛像群，怪佛像的全身暴露了出来，金色长袍里边，露出金色的紧身衬衫和紧身裤，就连鞋子和袜子也是金色的。

怪佛像沿着通道不紧不慢地走着，两个少年赶紧跟上去，与怪佛像保持着一定的距离。

"这家伙好像是黄金假面人！"

高桥一边尾随，一边向丸山说出了自己的看法。

"我看过小说《黄金假面人》，彩色插图里的黄金假面人与这家伙太像了。黄金假面人是模仿法国大盗亚森·罗宾，全身金色的装束。可现在亚森·罗宾早就离开人世了，可见他是仿效死去的亚森·罗宾，化装成黄金假面人。"

这个是黄金假面人？黄金假面人曾在日本轰动一时，现在居然又出现了，而且就出现在自己的眼前。

两个少年不知所措。

佛堂入口处有门卫，但黄金假面人却若无其事地在门卫面前走过。

门卫吓了一跳，顿时语塞起来。

怪佛像离开佛堂，径直往前走着，两个少年见怪佛像没有转过脸来，觉得自己可能没有被对方发现，便加快脚步赶上去。很快，他们与怪佛像缩短了距离，不料怪佛像猛地停下脚步并转过脸来，目不转睛地看着他俩，镰刀形的嘴角上堆满了笑容。

两个少年见状急忙刹住脚步，浑身吓得直打哆嗦，想逃走，可两条腿不听使唤。他们的脸色苍白得像一张纸，眼眸直愣愣地望着黄金假面人的脸。

这个时候，镰刀形的嘴巴里传出嘶哑的声音，好像是黄金假面人在说话。

"嘻嘻嘻……你俩还真有勇气，胆敢跟踪我，说实话你俩再怎么跟踪也不可能跟得上我。

"你俩知道这是为什么吗？因为我是超人！我可以像鸟那样在高空自由翱翔，可你俩只能像鸡那样在地上行走，既然你俩不能上天，那又怎么能追得上我呢！嘻嘻嘻……"

话还没有说完，怪佛像奔跑起来，金色的长袍也跟着飞舞起来，宛如飞檐走壁的魔鬼。瞬间，怪佛像消失在昏暗的夜色里。

等到怪佛像消失了很长时间，他俩才缓过神来，甩开双腿追赶。不一会儿，一棵高达三十米左右的参天大树挡住了去路。

仰望大树，虽感觉不到一丝风，但树梢上的枝叶却在不停地摇晃。

"奇怪，这家伙可能爬到树上去了。"

高桥说道。

这个时候，身穿白色上衣、腰缠长裤裙的门卫从佛堂那儿朝两个少年跑来。

"喂，那个金色妖怪跑到哪里去了？快喊警察抓住他……"

"你瞧，树梢在剧烈摇晃，说不定在朝树梢上爬！"

高桥手指着大树答道。

门卫把手遮在额头上仰望着大树。由于大树的周围被夜色笼罩，朦朦胧胧得啥也看不清楚。

就在这个时候，树梢晃动得更加剧烈，转眼间树梢上飞出一个金色的物体，在空中划出了一道金色的弧线后便朝远处飞去。

黄金假面人在空中飞了起来，他放平身体，两手笔直向前，形同蛙式游泳的姿态。他的金色长袍随风飘荡，酷似电影里的宇宙超人。他的金色超人在漆黑的夜空里，向高处飞去。

望着这一切，两个少年和门卫惊呆了，他们无法飞向高空，只能眼睁睁地看着黄金假面人远去，最终变成星星那般渺小，最后消失得无影无踪。

第二天，各大报纸报道了黄金假面人消失在空中的重大新闻。

　　高桥少年和丸山少年则是这个重大新闻的见证人，在学校里，两个少年被同学们围了起来，让他们讲述黄金假面人从出现到消失的全部过程。

银幕上的血

一个星期过后，东京发生了一件怪事。

一天晚上，少年侦探木下和宫岛在世田谷的一家小电影院看电影。

他俩是小学六年级学生，刚加入少年侦探团，胸前佩戴着少年侦探团的"B·D"团徽。

他俩为什么要到小电影院里看电影呢？因为电影院门口的宣传栏里张贴着"怀念电影周"的海报，正在上映十年前曾走红东京的热门电影《黄金假面人》。

那个高桥少年曾读过的《黄金假面人》，在十年前就被拍成电影搬上了银幕，据说当时创下了票房之最。这部小说主要叙述法国神探和警方如何侦破亚森·罗宾大盗的一系列案件。木下和宫岛虽看过小说，但不曾看过电影《黄金假面人》。

他们一看到小电影院门口贴有上映该电影的海报，便到售票处购买电影票，然后坐到电影院里的座位上。

电影一开始，是黄金假面人偷取高度三十厘米左右的珍珠塔的场面。这座珍珠塔由数千颗珍珠拼接而成，曾在上野公园的万博会上展出过。

银幕上的画面渐渐向纵深推进……突然，黄金假面人的脸部特写镜头占据了整个银幕。

那张脸比普通人的脸要大上几十倍，简直不可思议，巨大的黄金脸和面部长相令观众们紧张得用双手把自己的脸遮掩起来。

镰刀形状的嘴巴中间，是一条细又长的扁缝，黑乎乎的，看不见嘴巴深处的牙齿和舌头。

这个时候，音乐突然停止，电影院里犹如深夜的墓地一般悄然无声，观众们提心吊胆地望着银幕，不知如何是好。

猛然间，观众席一角响起了悲鸣声，刺破了刚才死一般的寂静，一个女观众由于突如其来的无声恐惧，歇斯底里地尖叫起来。

观众们虽被尖叫声吓了一跳，但瞬间又哄堂大笑起来。当然，像这样的笑声也只有害怕时才会出现，随之尴尬的笑声停止了，接着又是一阵静悄悄的状态。原来，银幕上出现了可怕的一幕。

黄金假面人的笑脸占据了整个银幕，镰刀形状的嘴巴流出红色液体。十年前拍摄制作的电影，按理不是彩色而是黑白的，可眼下本不是彩色的黑白电影里居然出现了红色液体。

是血！

镰刀形的嘴巴流着一长溜的鲜血，而且还在不停地涌出。

可流血的黄金假面人还在笑，但没有声音，兴许是伤痛的缘故。

这部电影根本就没有着色，唯独今天晚上放映时，却出现了嘴角流血的画面。

观众们都被吓得瞠目结舌，纷纷跑向走廊，朝大门口挤去。眼下最害怕的当数放映员，他一看见银幕上有流血的场面就赶紧关机了。随后，他迅速卸下胶卷检查，同时，他打开了电影院里的照明灯。

银幕上的那张流血的笑脸，顿时也不见了。

观众们揉着自己的眼睛，误以为看花了眼。大家心里都在这么思索着，银幕上怎么会出现如此可怕的一幕。

因此，当恐怖画面消失、院内灯火通明的时候，观众们如梦初醒，神色木然。少年侦探团的木下和宫岛坐在前排的座位上，环视奇怪的电影院，总觉得上映的电影与某种犯罪有关。

与此同时，少年侦探的责任感油然而生，勇气取代了害怕。他们没有跑向走廊，而是继续坐在自己的座位上观察周围的动静。

就在这时。

观众席上响起了惊天动地的喊叫声，许多还没有离开座位的观众赶紧跟在拥挤的观众身后，犹如奔腾不息的洪水一般朝大门口涌去。

原来，银幕前边的舞台上发生了可怕的事情。

瞧！一个怪物出现在银幕前的舞台上。

怪物的模样和长相，与刚才银幕上出现的黄金假面人完全相同。可见，怪物是从银幕里跑到舞台上的。

黄金假面人的脑袋上缠着金色头巾，身披金色长袍，下身穿着金色裤子，脚上穿着金色袜子和金色鞋子。那家伙在舞台上叉开双腿，看着乱哄哄的观众席。

站在观众席后面的电影院执勤人员，铁青着脸跑到电话机旁拨通了警方的电话。

电话挂断还不到三分钟，在附近巡逻的警车就已经赶到现场。两个荷枪实弹、身穿制服的警察挤入电影院里，寻找罪犯。大门口、走廊上和观众席上混乱不堪，哭声喊声交织在一起，混乱场面根本无法用文字来描述。

两个警察穿过走廊，跳到舞台上抓捕罪犯。

可黄金假面人犹如猛虎下山，却从舞台上跳到了观众席上，并在座位上如同麻雀一样跳跃着向大门口跑去。

一些因拥挤还暂时留在座位上的观众，担心被黄金假面人戏弄，纷纷让道。有的干脆蹲在座位前的狭小通道里。孩子们的哭声和女人们的叫声，仿佛哀乐一般。

木下和宫岛两个少年当时还在座位上，尽管他俩都是少年侦探，可陡然间遇上这种怪物，思想上也没有一点准备，也想不出任何对策，只是呆若木鸡地看着这种惊人的场面。

终于，黄金假面人跳到观众席后面的走廊上，可他没有逃向大门口，而是沿着通往二楼观众席的楼梯，跑到二楼上面的朝着大街的窗户前。他在打碎玻璃后又爬到屋顶上的排水沟里。

电影院门前的人行道上人流如潮，有行人，也有从电影院跑出的观众，就连机动车道上也是人头攒动，交通陷入了瘫痪状态。

黄金假面人俯视大街上黑压压的人流，张开镰刀形嘴巴大声地狂笑。他跑到排水沟一角，双手抓住斜面屋脊并向主屋脊攀登，那攀登的姿势形如金色蝙蝠。

　　两个警察爬到窗外的排水沟，却难以抓住斜面屋脊。黄金假面人的飞檐走壁功夫，是普通人无法模仿的。

　　片刻后，聚集在电影院门口的道路上仰望屋顶的人群里，发出叫喊声，于是大家不约而同地将目光从屋顶移向高空。

　　天空中，到底发生了什么？

　　瞧，又是黄金假面人在空中飞翔！金色长袍翩翩起舞，宛如翱翔的金色超人穿过黑夜，呈一条直线向南面飞去。

　　天空中，星星似乎在不停地眨巴着眼睛。黄金假面人在微弱的灯光下遨游，美丽的飞行姿态远比星星还要可爱。

　　黄金假面人的身影越来越小，最后消失在星星之间。

窗外的亮光

那天傍晚，电影院的银幕上出现黄金假面人的大脸和嘴角流血的特写镜头。那天晚上，恐怖王化装成黄金假面人，从电影院的屋顶上飞向夜空。

经过警方调查，得知恐怖王在放映前盗走了《黄金假面人》的电影胶卷，经过特别加工后，又放回了放映室。于是，放映时银幕上出现了一幕幕不可思议的画面。

可黄金假面人怎么能像鸟那样在天上飞呢？警方没有找到他飞行的秘密，人们猜测，那家伙可能擅长魔法！

电影院的事件发生后，过了一个星期，目黑区的片桐别墅里发生了一件可怕的事情。

片桐先生的住宅是一幢欧洲风格的别墅，坐落在比较偏僻的住宅街上。片桐先生的儿子叫一郎，是小学六年级学生，女儿叫美代子，是小学三年级学生。

一天晚上，兄妹俩正趴在书房里的桌子上看漫画书。突然，窗户玻璃外侧好像有闪闪发光的物体映入兄妹俩的眼帘。

"啊，那是什么？"

"奇怪！什么东西在闪闪发光？"

两个人注视着窗外，却什么也没有看见，于是他俩把目光集中在书上又聚精会神地看起了漫画。

过了一会儿，窗外又在闪光，一郎急忙放下书向窗外看去。

还是什么也没有看见，只是昏暗的院子似乎变得越来越大。其实，怪物是龟缩在窗外的窗台下，故而从窗户看出去难以看到窗台下的情况。

既然什么也没有看见，兄妹俩又埋头看起书

来，这时候闪光又一次映入眼帘。这一回，光亮没有立即消失，而是一直在窗外亮着。

美代子小姐看傻了眼，紧张得差点惊叫出声来，伸出手一把抱住哥哥一郎的腰。一郎也赶紧站起来，打算带着妹妹逃离书房。

紧贴在窗户玻璃外侧的脸，贼溜溜的眼眸向房间里的兄妹俩看去。

金灿灿的脸上充满了令人恐惧的表情，镰刀形的嘴巴没有发出声音，可表情却是笑嘻嘻的。

一郎想起前不久的新闻媒体，曾把黄金假面人炒得沸沸扬扬。

这家伙一定是黄金假面人！此时此刻，黄金假面人竟然正站在窗外。

"哇！"

一郎大喊一声，拉着妹妹美代子的手跑出房间，沿着走廊向爸爸的房间跑去。

"爸爸，不得了了！黄金假面人……"

"什么？你说黄金假面人？"

"是的，这家伙就站在我们书房的窗外，正在向书房里张望。爸爸，快去报告警方！"

片桐先生赶紧吩咐两个秘书到院子里搜查，自己则留在房间里拨打警方的电话。

两个秘书左手持手电筒右手拿木刀，向院子里跑去。

院子里的大树比比皆是，茂密的枝叶相互纠缠在一起。两个勇敢的秘书打着手电筒，在树林里展开搜索。

突然，躲在大树后面的怪物现出全身，完全暴露在手电筒的灯光里。

金色的头巾，金色的脸庞，金色的长袍，金色的裤子，金色的袜子，金色的鞋子。镰刀形的嘴巴向上向下张开，正在傻笑。

两个秘书吓得连连后退。

"嘻嘻嘻……别紧张！我不会伤害你们的，只要你俩把我的指示转达给这家主人就行了。从今天起三天过后，也就是十三日下午十点，我准时上门取片桐先生家的传世珍宝。

"就这句话，你俩记住了吗？他家里的收藏室里有国家级文物——佛像,我要的就是它。一言既出,驷马难追!我是从不食言的。对了,别忘了请你们主人加强保卫措施。"

黄金假面人说完,转过身向院子深处跑去。

两个秘书神情恍惚,直到怪物消失好几秒钟以后才猛然醒悟。

"喂,站住,你已经逃不掉了!"

他俩三步并作两步地追了上去。

"瞧,这家伙在爬围墙!"

黄金假面人跑到高高的围墙跟前,犹如猴子爬树似的朝围墙上爬去,途中还时不时地转过脸来。

"啊哈哈哈……"

这家伙张开镰刀形的嘴巴,一边笑一边朝围墙上爬去。秘书们追到围墙跟前跃跃欲试,可围墙上又没有踏脚的地方。他们试爬了好一会儿,也没有爬上半步,而黄金假面人犹如杂技演员,在一刹那间就爬到了围墙上。

"与其在这里磨磨蹭蹭,还不如从大门口绕到围墙外侧。"

其中一个秘书提醒道。

于是，他俩争先恐后地向大门口跑去。

大门外正巧驶来一辆警车，走下两个警察。

"好极了，警察来了！黄金假面人已经爬出围墙，就在前边，请快追上去！"

秘书们抢在警察们的头里，朝围墙外的横巷方向追去。

"那家伙是从这里的围墙上跳下来的，不可能跑得很远……"

说话间，黑暗里走出一个人来，其中一个秘书用手电筒对准来者。

这是一个七十多岁的驼背老人，身着棕色的脏衣服，腋下夹着一个大包袱，手拄着树枝拐杖，步履蹒跚地走来。乱蓬蓬的白发下面，是一对炯炯有神的眼睛。鼻子和上嘴唇之间长满了白胡子，下巴还垂着一把银须。

"喂，老爷爷，你刚才有没有看见一身金色装束的家伙？就是从这围墙上跳下来的。"

秘书问道。

老爷爷好不容易挺起腰，眯起眼睛朝着耀眼的手电筒灯光，手指着刚才来的方向。

"啊，好像是有这么一个金色打扮的家伙，从头到脚，全身金灿灿的。是的，他朝那里逃走了。"

"谢谢！我也觉得是朝那里逃走的。"

四个人甩开大步朝那里跑去。

忽然，老人拄着拐杖一边走一边用右手遮住嘴巴轻声地笑了起来。

"嘻嘻嘻……"

老人为何要笑？也许想起了滑稽可笑的事情！或许……

警察和秘书辛辛苦苦地追赶了很长一段距离，可一路上什么也没有见着，只得原路返回。

"奇怪！这家伙就是飞毛腿，也不可能瞬间消失，况且这条路是笔直的，可以一眼望到头。"

其中一个秘书喃喃自语，另一个秘书则停下脚步嘟哝着说。

"是啊！我总觉得刚才那个老爷爷形迹可疑。

黄金假面人既然擅长魔法，在化装术方面也肯定是高手。刚才，朝我们迎面走来的那个老爷爷，没准就是黄金假面人化装的。金色长袍等化装道具，说不定就藏在那个包袱里……"

少年侦探被困

那以后的第三天，也就是黄金假面人预告偷窃片桐先生的佛像的十三日下午。

这一天的明智侦探事务所里，少年助手小林芳雄和少女助手花崎真由美正在值班。明智大侦探因接受某案件的委托，去福井县出差了。

下午三点前后，桌子上的电话铃响了，小林拿起听筒，方知是明智大侦探打来的。

"福井出差已经结束，我是中午时分到达东京车站的。我事先委托的助手在新宿车站与我见了面，向我汇报了侦查黄金假面人的情况。现在，黄金假面人的行踪我已经清楚了。今天晚上七点，据说黄金假面人要到涉谷区某别墅去。

"小林，我想请少年侦探团派一些团员在那幢空别墅周围布控。请你尽快用电话通知，务必在下午六点之前赶到那里。流浪儿别动队的队员们，也尽可能让他们多去一些人，明白了吗？"

接着，明智先生把去涉谷区那幢空别墅的路线详细介绍了一番。

"真由美小姐，先生打来电话说黄金假面人晚上七点有行动。"

"什么？先生怎么事先不说一声就突然回来了？"

"先生说是今天中午到达的，他说在打电话之前，已经弄清楚了黄金假面人的行踪。"

小林的这番话里，充满了为先生感到无比自豪的语气。

他俩从报上得知了黄金假面人扰乱社会的消息，也清楚黄金假面人今天到片桐先生家偷盗国宝佛像。

小林打了许多电话通知少年侦探，有的家中有电话，有的家中没有电话，只能靠传呼电话，好不容易通知完毕，又通知了流浪儿别动队的少年侦探。

下午五点，少年侦探团的十名团员和流浪儿别动队的七名队员在明智侦探事务所里集合。

小林请真由美小姐留在事务所里值班，自己带着十六个少年侦探乘坐地铁到达涩谷车站，走出车站后，向那幢空别墅进发。

那幢空别墅距离涉谷车站有一公里的距离，处在闹中取静的地段。少年侦探们乘坐大巴士，于六点准时赶到了那里。

这是一幢木结构别墅，欧式风格，一共有三层楼，站在砖砌的围墙前，让人觉得别墅周围仿佛笼罩着妖雾。

下午六点，身穿黑西装的明智大侦探早已站在光线暗淡的门口等候。

"先生。"

小林上前打招呼，明智大侦探用食指放在嘴巴上嘘了一声，用眼神示意小林带领大家跟在他的背后。他们穿过大门，经过院子里的石子小路，再推开玄关门走进别墅，门没有上锁。

别墅里没有灯光，一个团员在墙上摸来摸去，总算摸到一个开关，可一按上去却没有亮光，不是灯泡坏了就是没有电源。

"谁带着手电筒了？"

明智大侦探问道。

小林立即从口袋里掏出钢笔形状的手电筒，于是大家也纷纷取出钢笔形状的手电筒。

十七支手电筒光束，照亮了别墅。

"太好了！太好了！大家都没有忘带侦探七道具吧？"

明智大侦探说完走在头里，经过走廊，沿着楼梯向楼上走去，走完二楼，向三楼走去。走到三楼的时候，原以为楼梯已经走完，不料眼前又出现了楼梯。说是楼梯，其实是木梯，十分狭小而且陡峭。

木梯顶端有一个木盖，顶起木盖出现了黑乎乎的洞口，洞口上边是三楼屋顶的夹层。

"先生，我们就隐蔽在这里吗？"

小林问道。

"嗯，是的。"

明智大侦探回答道。

于是，十七个少年一个接一个地爬到屋顶的夹层里。

屋顶很矮，可屋顶四周靠墙的地方更矮，无法站着走路，顶上有一个小窗户，是采光用的。

明智大侦探让少年侦探们尽量往夹层里边钻，自己则站在入口处。等到少年侦探全部进入夹层，他突然大笑起来。

"哈哈哈……太精彩了！你们不是到这里布控，而是被关押在这里。"

明智大侦探的这番话，说得少年侦探们不明白这话究竟是什么意思。太奇怪了！到底出什么事了？

"先生，您在笑什么呀？您刚才说的话是什么意思？您到底发现什么有趣的事了？"

小林不可思议地询问先生。

"嘻嘻嘻……你还不明白吗？"

"什么？你说我不明白？"

"你刚才是叫俺先生吧？可俺怎么是你的先生呢？"

明智先生怎么称自己是"俺"呢？小林百思不得其解。

"嘻嘻嘻……你们上当受骗了！你们以为俺是谁呀？俺是化装高手！不管什么人，即便明智小五郎，我照样化得让你们分不出真假。"

他的声音不再像明智先生了，可嘶哑的嗓音，还是分辨不出他究竟是谁，这家伙既然不是明智先生，那他大概是……

"嘻嘻嘻……你们别惊慌失措！怎么？明白了？就是你们已经明白的那样。俺不是明智大侦探，而是魔法大师。明智那家伙还在福井县，吊儿郎当地不知在磨蹭些什么！"

"那刚才的电话也是……"

"没错，那是俺模仿明智的声音给你打的电话。"

"什么？那你是……"

"俺是怪盗恐怖王！最近，社会上又送给俺一个别致的雅号，叫黄金假面人。今天晚上，俺要去片桐别墅窃取国宝佛像。因担心片桐有可能打电话到明智侦探事务所求助，一旦别墅内外出现你们这帮小兔崽子，我的计划就有可能落空。

"于是，俺就来了个先下手为强，把你们这些小兔崽子先弄到这里关押起来。这样一来，我就不会有麻烦了。哈哈哈……俺做事一向胆大心细，好了，你们就在这里好好休息吧。再见！"

说完，化装成明智大侦探的恐怖王跳到木梯上，关上盖子，再挂上大锁。

"啊！"

小林后悔地大喊一声，连忙跑到木盖子边上，伸出双手使劲地推盖子，可就是打不开。

"大家都来帮忙！把它砸坏！"

于是，大家弯下腰蹲在木盖子周围，有的用手敲，有的用脚踢。但盖板非常牢固而且又厚，怎么也砸不破。

其实，即便砸坏木盖子也不可能找着那个家伙了，还是先别忙着砸木盖子了，当务之急是大家群策群力，制定一个出乎对方意料的方案。

小林双手抱在胸前，陷入苦苦的思考中。片刻后，他使劲地眨了一下眼睛，好像想出什么妙主意似的。

"啊，有办法了！大家都带着侦探七道具了吧！还有两个初中生少年侦探带上黑绳梯了吧！"

小林问道。

"带了，我缠在腰上。"

"带了，我也缠在身上。"

其中两个初中生少年侦探带了绳梯。

"好，我也带来了黑绳梯，只要把三个绳梯连接起来，就够得着地面了。大家别慌张，按顺序爬绳梯下楼，绳梯的铁构挂在窗户上就行了。"

小林说道。

"嗯，真是个好主意！"

大家举双手赞成。

"不过，现在还不行，那家伙说不定没有走远，或者躲在附近什么地方。我们大家还是坚持一会儿再说吧！"

小林说完走到窗户跟前，悄悄地打开窗户向地面俯视。

窗外，天色已经暗下来了，斜顶上的窗户与地面的距离似乎十分遥远，看得小林耳昏目眩。

院子里的面积很大，还长满了野草。

因为是欧式别墅，从屋顶到地面的这段距离没有水泥遮雨板，可以一眼看到地面。

虽说绳梯中间每隔三十厘米有一道横着的绳档，用来踩和抓，但毕竟是三层建筑的别墅，距离地面很远，存在着一定的危险。

再过一会儿，少年侦探们将要踏上冒险的道路了。

勇抓歹徒

　　少年侦探团的黑色绳梯，如果任意使用的话，危险性很大。小林团长规定，只有他和中学生团员才能配备。带有绳梯的团员们在执行任务时，通常将它缠在腰上。它是上等丝线编织的绳索，既可捏成拳头大小，也可缠在腰上。

　　十七个人中间，有两个是中学生，他俩都带有绳梯，加上小林的，凑巧是三个绳梯。小林决定把绳梯连接在一起，从窗台垂至地面，随后让少年侦探们一个接一个地抓住绳梯爬到地面。

　　绳梯一端的铁钩子挂在窗框上，首先由中学生团员抓住绳梯下到地面。

绳梯上每隔三十厘米有横档，既可用脚踩，也可用手抓。第一个向下爬的是中学生团员，随后是小学生团员和流浪儿别动队队员。

打头阵的是中学生团员，中间鼓劲的是小学生团员，最后压阵的是小林团长。

这个时候，周围已经降下夜幕，即便站在围墙外边，也看不清楚墙面上的爬行队伍。院子里似乎没有恐怖王的部下，十七名少年侦探顺利地出来，跑向大门外。

遗憾的是，绳梯只能挂在窗户上了，如果是一根绳梯，只要晃动一下就可以卸掉，可眼下是三根绳梯组合在一起，长得无法从窗户上卸掉铁钩。虽说就这样挂着有点可惜，可也想不出什么好办法。

少年侦探们跑到路边，坐上大巴士急匆匆地朝片桐别墅赶去。据说，恐怖王定于今晚十点去片桐先生家盗走佛像，全体人员感到责任重大，必须尽早地赶到那里。

由于明智先生外出破案，少年侦探团不得不挑起这副重担，与怪盗展开较量。

大家赶到片桐别墅外边的时候，已经是晚上八点半了，虽说距离十点还差一个半小时，但恐怖王说不定早已潜伏在别墅的某个角落里面伺机而动。

少年们两三个人一组，隐藏在围墙四周的黑暗里，瞪大眼睛注视着周围的动静。

大门附近由小林团长和两个中学生团员埋伏在那里，三双眼睛密切监视着大门口的动静。

大门里边，有两个警察走来走去的，好像是在巡逻。

三十分钟过去了，等到警察经过大门内侧转到别墅后面的空当，四个人影挤成一团飞快地跑出大门。

其中三个人身着黑色服装，中间的人的装束是金色。

"瞧！是黄金假面人！"

小林的心里不由得惊叫起来。

可无论从哪个角度看，都让人觉得奇怪，那个金色家伙不知是受了伤还是怎么的，看上去一副无精打采的样子。三个身着黑色服装的家伙，从左侧、右侧和背后搀扶着金色的家伙。

四个黑影刚出大门，背后又出现一个也是一身黑色装束的小矮个子。他悄悄地跟在四个黑影背后，看上去好像是尾随跟踪。

"啊！那不是口袋小和尚吗？真机灵！"

小林自言自语。那矮个子果真是小有名气的口袋小和尚，流浪儿别动队的队员。由于口袋小和尚瘦小得能钻入口袋，因此便得了这么一个雅号。

其实，他的智慧与胆量，与他的个头恰恰相反，胆大、心细、机灵。在以往的一系列侦查中，他为少年侦探团屡建奇功。

小林团长事先安排口袋小和尚独自一人隐藏在别墅的大门里，监视别墅里的动静。现在，口袋小和尚不仅发现了歹徒，而且还在跟踪他们。

当黄金假面人和背后的口袋小和尚在前面昏暗的街角转弯时，从大门里跑出来两个警察。

今天晚上是黄金假面人"上门取货"的日子，

警方便在别墅里安排了三个警察站岗，其中两个警察发现歹徒向门外逃窜，便追了出来。

警察环视周围，可歹徒早已不知去向，正当他们在大门口徘徊的时候，躲在电线杆子后面的小林朝警察那里跑去。

因天色较黑，警察以为是歹徒偷袭，赶紧摆出射击的架势，小林则从容不迫地向他俩靠近。

"呵，是小林，你看见歹徒朝哪里逃走了吗？"

"朝这个方向。"

小林说完便走在警察的前面，飞快地朝歹徒消失的方向追去。他沿着街角转弯后又向前跑了一会儿，发现在前面一条小巷口站着一身黑色装束的矮个子少年。

咦！口袋小和尚怎么不走了？口袋小和尚侧过脸来发现是小林，便急忙上前把嘴贴在小林的耳边说起来。

"据口袋小和尚提供的线索，这条巷子深处有一幢无人居住的小别墅，那四个家伙钻到那幢别墅里去了。"

小林说完，两个警察点点头。

"好，咱俩分别从正门和后门冲进去，这里太危险了，你们最好距离我们远一点。"

警察说完，在向导口袋小和尚的带领下向巷子深处跑去。

小林站在巷子口，从袋子里取出哨子吹了起来，命令少年侦探们集合。这哨子也是少年侦探七道具之一。

只要传出这种哨声，无论哪个团员听到都会立即掏出哨子跟着一起吹，通知其他伙伴。

小林一吹哨子，隐藏在片桐别墅围墙附近的团员们都掏出了哨子，于是别墅周围到处是哨声。

不一会儿，小林的身边聚集着许多团员。他把刚才口袋小和尚说的情况，简明扼要地向大家做了一番介绍。随后，他把大家分成两个小组，一组负责监视别墅正门，另一组则负责监视别墅后门。

就在这时，昏暗的巷子里跑出几个黑影，像一阵狂风刮来。

"啊！"

小林一看，是刚才那三个身着黑色服装的人。可黄金假面人已不在其中，莫非朝别处逃走了？

"喂，就是这几个家伙，大家冲上去抓住他们！"

小林大声命令后，带头向三个人迎上去。

于是，十多个少年都奋不顾身地向歹徒们扑去。黑暗里，一场短兵相接的战斗开始了。

对手是三个人，少年侦探是十多个。四五个少年包围一个歹徒，以多击少。尽管少年们的年龄还小，但毕竟人多力量大，是不可轻视的。

有的从歹徒背后扑上去，有的用双手吊住歹徒的脖子，有的挽住歹徒的手臂，还有的死死咬住歹徒的手腕。

"哎哟！疼死我了，快松开！"

一个歹徒使劲地挣脱，企图逃走，无奈两条腿被一个少年侦探紧紧地抱住，扑通一声摔倒在地上。

在少年侦探们的合力围攻下，这些五大三粗的歹徒们无法脱身。少年侦探的人数虽不少，但得不到大人的帮助终究难以持久。最终，他们被一个一个踢倒在地，歹徒们拔腿逃窜，消失在浓浓的夜色里。

关键时刻，两个警察为什么不来帮忙？既令人失望也不可思议。

是啊！那幢无人居住的别墅里，莫非黄金假面人还在？莫非警察们正在同黄金假面人搏斗？

眼巴巴地看着三个歹徒逃走，少年侦探们失望地耷拉着脑袋，蹲在巷口发愣。其中，有几个少年侦探倒在地上怎么也爬不起来。有的费了好大的劲儿才爬起来，用手使劲地揉着疼痛的屁股。不过，好在都是些轻伤，没有人缺胳膊断腿的。

突然，巷子里有一个小黑影连滚带爬地跑来，是口袋小和尚！

口袋小和尚找到蹲在地上的小林团长，轻声说了起来。

"什么？黄金假面人……"

小林吃惊地站起身来。

"嗯，千真万确的！所以，警察叔叔要大家都过去。"

口袋小和尚汇报的情况，连小林也惊恐万分。那么，到底是什么消息？黄金假面人究竟怎么了？

"喂，大家听好了！目标是巷子深处无人居住的别墅。出发！"

小林团长集合队伍向巷子深处进发。

那幢空别墅里，到底谁在等候？也许……

佛像活了

　　且说片桐家的古董收藏室里，主人片桐先生和秘书正坐在中间的椅子上，一刻不停地环视着整个房间。不用说，他们是在守护被恐怖王视为猎物的国宝级佛像。

　　片桐先生的儿子一郎和女儿美代子与妈妈在客厅里，他们还没有上床睡觉。身着西装的警察则坐在他们身边为他们站岗，一旦这两个孩子被恐怖王绑架，那就糟了。

　　刚才两个警察追出门外跟踪黄金假面人，由于情况紧急，没来得及跟这个警察通气。因此，不仅这个警察不清楚情况，就连收藏室里的三个人也不清楚情况。

可是，在预定的十点钟之前，黄金假面人及其部下从片桐家仓皇出逃，究竟是什么原因？

此刻，片桐先生和秘书正在收藏室里坚守着自己的岗位。眼看十点钟就要来临，书架上的台钟一刻不停地转着。清脆悦耳的秒针转动声越来越响，并在三个人的耳边不断响起。

时钟已经九点五十分，秒针转动声继续不厌其烦地响着。

还有五分钟……还有三分钟，时针朝着十点一步一步地逼近。

三个人的视线，不约而同地投向矗立在墙角、与人的比例相同的金色佛像。

这是被评为国宝级的佛像。虽说是奈良朝代的作品，但由于做工精美，简直像被注入生命一般活灵活现。佛像镇定自若的表情，胖乎乎的身材，浑身上下散发着金灿灿的光泽。

这么高大而且重量不轻的佛像，恐怖王采用了什么办法盗走它的呢？请读者们拭目以待。

眼下，已经到九点五十九分了，距离十点钟只有一分钟了，无情的秒针不停地向前转动。

还有三十秒……还有二十秒……还有十秒……

突然，台钟里的铁摆敲响了十下，时针指向十点。

可房间里什么也没有发生，难道恐怖王已经停止偷盗佛像的行动？

三个人的目光仍然紧盯着佛像的脸……

突然，这尊金色的佛像笑了。

三个人大吃一惊，全身变得僵硬起来。佛像确实在笑……已经有着一千多年历史的佛像，居然像活菩萨一样笑了。

这怎么可能？也许眼睛看花了，或许脑瓜子里出现幻觉了！

可收藏室里目睹这一情况的，不是一个人，而是三个人。即便产生幻觉，也不可能三个人同时产生相同的幻觉！

一会儿，金色佛像的全身动了起来。

"啊哈哈哈……"

佛像居然笑了。

"啊哈哈哈……让你们受惊了！你们也许忘了，我是化装的高手，怎么样？你们丝毫没有察觉到这个佛像居然是我吧！啊哈哈哈……"

他一边说，一边从台座上走下来并朝他们三个人靠近。

突如其来的恐慌使他们三个人连话也不会说了，只是呆坐在椅子上目不转睛地注视着行动自如的佛像。

"怎么样？你们现在应该领教到恐怖王的神奇本领了吧！我既然能化装成佛像，也就能轻松地取走真佛像。

"我昨天晚上就已经潜入贵府，盗走佛像后我把它藏在院子里的储藏室里。今天晚上，我的部下们悄悄地潜入院子里已经将储藏室里的佛像搬走了。

"可我事先约定的时间是今天晚上十点，在此之前的房间里倘若没有佛像容易引起怀疑，再说佛像从贵府消失的时间，应该是今天晚上十点。我这个人，是最讨厌食言和毁约的。

"为此，我变成那尊佛像的替身站在这里，让你们安安心心地陪伴我。啊哈哈哈……我是十点准时显露原形的，我可是守约的！啊哈哈哈……"

戴假面具的恐怖王狂妄到了极点，他为自己的神奇化装能顺利蒙混过关，高兴得不能自拔。

片桐先生及其两个秘书如果鼓起勇气一起扑上去，说不定能抓住这个厚颜无耻的盗贼！因为他们是三个人，而对方只是一个人。可他们三个竟然因为佛像是恐怖王化装的而当起了旁观者。

就在这时，又发生了一件怪事。

恐怖王的笑声刚一消失，又不知从哪里传来另一种大笑声，仿佛是恐怖王刚才的笑声在收藏室里回荡。

"啊哈哈哈……"

不过，这个笑声比起恐怖王的笑声要轻得多，在这样不大的房间里，不可能产生回声。三个人又大吃一惊，眼睛紧盯着恐怖王的嘴巴，可这张嘴巴没有张开，他脸上的笑容也早已一扫而光。

笑声，究竟来自哪里？

"啊哈哈哈……"

笑声越来越大，越来越响，好像是从背后传来的。

三个人转过脸去。

门开了，只见一个少年站在那里捧腹大笑，是谁？是少年侦探小林芳雄。

"喂，你是……"

恐怖王吃惊地看着小林的脸。

"啊哈哈哈……你化装成明智先生把我们诱骗到屋顶夹层想软禁我们，目的是为实施你的偷盗计划而扫平障碍。没想到我们竟成功逃脱了吧，而且将计就计……啊哈哈哈……你该清醒了吧！

"你煞费苦心化装成佛像，可结果还是零，你昨晚所做的一切都是徒劳的。我这番话的意思，你该明白是怎么回事了吧？"

小林说完又甜甜地笑了。

佛像回来了

"你说什么？你说结果还是零？"

恐怖王满脸惊愕，刚才得意的表情已经不复存在，那摇晃的全身也不动了，似乎又恢复成真正的佛像。他深知小林有勇有谋，故而担心起来。

"啊哈哈哈……你的那些部下从储藏室里取走真佛像后，我们少年侦探团发现他们后便勇敢地追了上去，可你的那些部下居然把佛像藏在那幢无人居住的别墅里面后逃之夭夭了。经过搜索，我们找到了那尊佛像。现在，两个警察叔叔正在把它抬回来。

"你化装成佛像蒙骗他们三个人，可真佛像已经被我们取回来了。由此证明，你是竹篮子打水一场空，结果不等于零那又等于什么呢？现在，你该彻底明白了吧！啊哈哈哈……"

恐怖王听到这里，全身也开始变得麻木起来，他做梦也没有想到，佛像居然这么快就被警方和少年侦探查获。自己化装成佛像辛辛苦苦站了二十多个小时，结果还是瞎子点灯白费蜡。

恐怖王半晌没有说话，傻乎乎地站在原地，当然，他不会因为偷盗没有得逞而乖乖投降。

终于，他缓过神来，笑了。

"啊哈哈哈……小林你这小兔崽子，干得真够漂亮的！可无论什么时候，我的手里总是留有绝招的。这个，想必你应该清楚！啊哈哈哈……小兔崽子，不管你有多大的能耐，对我来说是起不到任何作用的。"

小林误以为对方掏手枪，顿时如站在刑场上一样全身麻木得像一尊雕塑，这一微妙的表情变化，被对手察觉到了。

"啊哈哈哈……我可没有带武器这类不文明的东西！我讨厌血，我讨厌杀人。比起手枪，我喜欢与你比智慧！比开动脑筋！我的武器，就是我内心深处的智慧。"

"哼，你还在死皮赖脸地为自己辩护，简直不知羞耻！请问，你还能有什么样的智慧？"

小林冷冰冰地说。

"那……就是这！"

随着一声叫喊，化装成佛像的恐怖王突然向小林扑来。

那种猛扑的气势，似乎难以招架。小林不由得向一边闪开，致使对方扑了一个空。紧接着，对手又猛扑上来，企图抓住小林的肩膀。小林赶紧摆出迎战的姿势，可恐怖王只是虚晃一枪，就从小林身边穿过，像箭一般地朝玄关方向逃去。

"大家快来！那家伙逃跑了，快抓住他……"

小林大声喊叫，飞快地追上去。

片桐先生及其秘书们似乎刚从梦中醒来，也追了上去。

追出别墅，院子里已经漆黑一片，小林环视着周围，没有发现对方的身影。那个化装成金色佛像的恐怖王究竟藏到哪里去了？

这个时候，两个警察抬着真正的佛像走进了院子里，身后跟着少年侦探团的团员和流浪儿别动队的队员，他们浩浩荡荡地开进别墅，简直帅极了！

"化装成佛像的恐怖王逃走了！你们一路上有没有看见那家伙？"

片桐先生奔到院子门口，向警察询问。

"没有呀！我们一路上没有遇上形迹可疑的人，那家伙是什么时候逃走的？"

"就是刚才，如果从大门逃走，理应与你们擦肩而过。"

"那他肯定不是从大门逃出去的，我们没有遇上任何人！"

"那他可能还躲在院子里的树林里。"

"搜索！大家分头搜索！"

片桐先生、秘书、警察以及七八个少年侦探（其余八九个少年侦探正在围墙外的四周监视）分成几个小组，钻入树林里展开搜索。

无论恐怖王躲在哪里，这么多人搜索是不可能找不到他的。再说少年侦探和警察的手里，人人都握有明亮的手电筒。

院子里飞舞着十多支手电筒光束，犹如一个个萤火虫在飞舞。大家搜查得非常仔细，所有的角落都无一漏过。

一个警察率领五个少年侦探绕过别墅侧面，向后门方向搜索前进。这个时候，迎面走来一个大人，大家以为是恐怖王，所有的手电筒灯光不约而同地照向对方的脸。

他不是恐怖王，而是在后门巡逻的警察。

率领少年侦探的警察把恐怖王逃走的消息向他通报，问他是否看见了。对方回答说，没有看见。

恐怖王究竟逃到哪里去了？

忽然，小林打着手电筒快速向这里跑来。

"没有恐怖王翻墙逃走的迹象，围墙四周有我们八九个少年侦探把守，不可能漏过。我估计，那家伙一定还在院子里。"

小林压低着嗓音，附在警察的耳边说着话。

"嗯，也许是你说的那样！"

警察答道并走到另一个警察跟前窃窃私语起来。

站在这里的，是两个警察、五个少年侦探以及小林。

小林走在前面，为大家带路。

距离主屋略远一点的树丛里，有一座小仓库。小林走到仓库旁边，踮起脚尖走到门口，将耳朵靠在门上听动静。

莫非恐怖王藏在小仓库里？

突然，仓库门开了，走出一个怪怪的男子。

少年侦探们吓得差一点逃跑，仔细一看，是一个陌生人。

陌生人身穿夹克衫和棕色裤子，满脸脏兮兮的，还胡子拉碴的。

"你，你是谁？"

小林声色俱厉地问。

"我是管理院子的，到仓库里有事，仓库里没有什么可疑的家伙。"

片桐先生是东京市里小有名气的富翁，配备一个专门管理院子的人也不足为奇。

　　"你刚才在仓库里干什么？"

　　一个警察问道。

　　"白天我把烟放在仓库里了，我是来取烟的。瞧，就是这。"

　　管理员把烟掏给警察看，然后头也不回地走了。

　　既然管理员刚从里面出来，说明仓库里不可能有可疑的家伙，于是大家也就不进去了，打算到别处去搜寻。就在这时，小林惊叫一声，猛地停住脚步。

树上有人

"警察叔叔，恐怖王是化装高手，刚才那个管理员说不定就是……"

"什么？你说那个管理员可疑？"

"是的，那家伙说不定就是恐怖王化装的！啊，我想出好主意了！走，到仓库里核实一下！"

"什么？进去核实？"

警察满脸不可思议的表情，眼睛直愣愣地看着小林，不太愿意执行小林的命令。小林没有介意，他走到仓库门前用力一推，门开了。

八支手电筒照亮了仓库，发现一堆可疑的东西。

"啊，果然不出我所料。警察叔叔，你瞧这个东西！"

警察赶紧从门口走进仓库里。

"瞧，就是这个！"

小林手上拿着金色假面具、金色长袍、金色衬衫和金色裤子等，这些都是化装成金色佛像的必要道具。

"啊呀！那刚才的管理员是……"

"肯定是恐怖王，他事先把化装管理员的假胡子和衣服等道具藏在这里。刚才，他在仓库里化装后摇身一变，从金色佛像变成院子的管理员。这家伙还真会动脑筋，而且动作迅速。"

"糟糕！又被他溜走了。"

"溜是溜不走的，围墙四周都有我们的少年侦探。如果发现他逃出院子，肯定会传来哨声。那家伙是逃不出去的，肯定还没有走远，还在院子里。"

"好，我去对其他同事说一下，让他们再搜查一遍。"

一个警察奔跑着去通知其他警察。

接着，偌大的院子里又是无数灯光飞来飞去，手电筒灯光交叉着照射院子里的每一个角落。

"在那里！在那里！"

发现可疑情况的，也是小林。

手电筒灯光照近处还可以，照远处就不那么亮了。不远的树林里，只见那个自称院子管理员的家伙在狂奔。

哨声划破寂静的夜空。

所有参加搜索的人齐声响应，聚集在院子里。根据小林的安排，片桐先生、两个秘书、三个警察和七八个少年侦探一起追赶逃跑的管理员。

"呀，不好了，这家伙在那棵大树上！"

瞧！那个自称院子管理员的家伙，此刻已经爬到十米高的树上，并且还在继续向上爬。

大家聚集在大树周围，灯光集中在管理员身上。不一会儿，那家伙的身影就被茂密的树叶挡住了。

"我们只要包围这棵大树，他就逃不走了！他爬到树梢上，饿了还是要下来投降的。我们只要有耐心，就能抓住他。"

一个警察慢条斯理地说，显得信心十足。

可对手擅长魔法，采取守株待兔的办法，难道真能逮住恐怖王吗？

就在这个时候，站在少年侦探中间的口袋小和尚悄悄地走到小林身边耳语起来。

"啊，对！也许像你说的那样！"

"叔叔，守株待兔的结果可能是一场空！因为，恐怖王能在天上飞行。那家伙曾在三十三间堂佛庙旁边的那棵大树上，腾空飞走了。最近，他又从电影院的屋顶上飞上天溜走了。恐怖王像鸟一样，可以在天上想怎么飞就怎么飞。"

小林沉思的眼睛亮了起来，对警察说道。

小林这么一说，警察们似乎也回忆起来了。像这样的飞盗，就连警察也束手无策。

最好的办法，是趁恐怖王没有起飞之前，爬到树上抓住他。可这么多人只会奔跑，没有一个能像恐怖王那样擅长爬树的。

警察破口大骂，后悔没有在地面上抓住他。

恐怖王以杂技师那般灵巧的动作在枝叶茂密的树干上不停地爬着，根据枝叶晃动的情况，眼看就要接近树梢了。

这个时候，树梢上传出奇怪的声音，好像是什么动物在蠕动，树梢上也许有鸟！可传出的声音，不像翅膀扇动的声音，这东西似乎比鸟要大许多。

恐怖王赶紧"刹车"，不再往上爬了，而是双腿攀住树干，竖起耳朵探听情况。

奇怪的声音没有停止。

"谁在上面？快说！"

恐怖王大声喝道。

"啊哈哈哈……"

到底是怎么回事？树梢上突然传出人的笑声。

"啊哈哈哈……"

笑声使恐怖王大吃一惊，全身挤成一团，焦急起来。

"啊哈哈哈……下边的家伙，你的飞行器已被我破坏了！就是还给你你也上不了天了！"

是人的说话声。

恐怖王又大吃一惊，没有吭声。此时此刻，他无法明白，无人知晓的大树树梢上怎么会有陌生人，不由得恼羞成怒，大声训斥。

　　"你到底是什么人？"

　　话音刚落，树上又传出笑声。

　　"我是谁？告诉你吧！我是你最害怕的人。啊哈哈哈……还不明白？我是明智小五郎。"

　　"什么？你是明智？"

　　太意外了！大侦探明智小五郎居然埋伏在别墅院子里的大树上，甚至助手小林事先也不清楚。

　　"啊哈哈哈……没有想到吧？恐怖王，让你受惊了！你擅长魔法，可我也不是魔法外行啊！

　　"你化装成我欺骗小林，说我已经从福井县回到东京。你还把少年侦探们锁在屋顶夹层里，好狠心！可你离开那幢别墅后不久，我也确实回到东京了。

　　"我回到事务所听了真由美的汇报，立即用电话与片桐先生取得了联系，案情我全明白了。

　　"我跟片桐先生约定，千万别走漏我已经回到东京的消息。到了晚上，我潜入院子里逐一爬上大树仔细搜索。

　　"你猜我找到了什么？当然不是别的，是带有螺旋桨的飞行器。啊哈哈哈……我早就知道你这个秘密了。

　　"五年前，曾经有盗贼从法国购买了这样的飞行器，并且在国内使用过。那玩意儿一旦挎在背上，就可以在天上飞翔。

　　"当时，我见到过那玩意儿。这一回，听说你也能在天上飞翔，我立即想到你可能使用了那玩意儿。

　　"功夫不负有心人！我终于在这棵树的树梢上找到了你的'宝物'。

　　"哈哈哈……我说了这么多，你应该明白了吧！

　　"你把那玩意儿事先藏在这棵树上，企图再度上演恐怖王飞上天的鬼把戏。可我先下手为强，把那玩意儿拆得七零八落，决不能让它继续为你所用。"

明智大侦探解释完毕，恐怖王怒不可遏。

恐怖王骂完，正打算逃离。

可树下已经被少年侦探团、警察和片桐先生包围了，他即便在树梢上打败明智小五郎也无法飞上天了，因为唯一的飞行器被破坏了。

眼下，不可一世的恐怖王处在四面楚歌的境地。

撕开假面具

　　"啊哈哈哈……怎么样？你事先没有想到吧？我居然会埋伏在树梢上等你，而且你那个'秘密武器'也被我给搞坏了。啊哈哈哈……自称天下第一的恐怖王，怎么不说话了？"

　　明智大侦探的说话声从树梢上传来，飞入了恐怖王的耳朵里。

　　"我做梦也没有想到，你居然抢先来到这里。好吧！既然如此，那你就看着办吧！"

　　"我要让你大吃一惊！"

　　"让我大吃一惊？你还有什么绝招？"

"嗯，当然有了！"

"是什么呀？你就快说吧！"

"撕开你的伪装画皮！"

"什么？撕开我的伪装画皮？"

"对，撕开你的伪装画皮，你是臭名昭著的二十面相！"

恐怖王默默无言。

明智大侦探继续说道。

"你又像过去那样，找一个替身为你坐牢。你自己越狱后，便在社会上为非作歹。两个月后的今天，你居然又扮演恐怖王的角色来扰乱社会。根据你的惯用手法，我断定你就是二十面相，尤其听说你能在天上飞，更加深了我的判断。所以不出我所料，你就是二十面相。

"身背飞行器在天上飞的家伙，除了你还是你。你曾经化装成宇宙怪人在天上飞过，那起案件也是我和小林侦破的。我知道飞行器是法国发明的，你是从法国买来的。在日本持有这种飞行器的，只有你二十面相。"

明智大侦探滔滔不绝地说着，而二十面相虽没有插话，却暗地里做着小动作。

　　二十面相左手抓住上边的树枝，右手从怀里掏出手电筒伸到外边，朝远处一亮一灭、一亮一灭地按着开关。

　　"喂，二十面相，别不说话，我看你还是投降吧！"

　　明智大侦探挖苦着对方。突然，二十面相狂笑起来。

　　"啊哈哈哈……明智，我正在老老实实地往下爬呢！可你应该知道，我无论何时都备有一手。

　　"我化装成黄金假面人，化装成佛像，接着化装成院子管理员。最后，我本打算背上飞行器离开这里。可又遇上你这个丧门星，打乱了我的整个行动计划。可我的绝招，也是一个接一个的。啊哈哈哈……"

　　二十面相说话的声音渐渐轻了起来，一边说一边沿着树干往下爬。

　　"喂，那家伙从树上下来了，别让他逃走了！"

明智大侦探一边告诫树下的人们，一边开始向下爬。

树下，十几个人正严阵以待。

二十面相好像在思考着什么。

他一跳到地上，立即举起双手表示投降。三个警察迅速上前，咔嚓！把锃亮的手铐戴在了二十面相的手腕上。接着，他们用无线对讲机通知警车开到片桐别墅的门口。十多个人围着二十面相走出别墅的大门，来到人行道上等着警车。

就在这时，道路右侧传来爆炸般的引擎声，只见一个大铁家伙，以迅雷不及掩耳之势向人们扑来。

轻便摩托车！

大家叫了一声，连忙闪向两边。突然人群里跑出一个黑影，像杂技师那样飞身跳到了轻便摩托车的后座上。

"啊！是那个家伙，他逃走了！"

警察喊道。

飞身坐到轻便摩托车后座上的不是别人，是刚被逮住的二十面相。他也不知使用了什么工具，这家伙居然打开了手铐。其实，像二十面相这样的大盗，对付手铐是不费吹灰之力的。

轻便摩托车发出魔鬼般的吼声，冲向大路，转眼间便消失了。大家气得又是大骂又是跺脚，无奈脚比不上轮子，只得眼巴巴地看着二十面相逃走了。

一个警察飞快地向片桐别墅跑去，给当地警察打电话，请求他们沿途拦截。剩下的两个警察坐上刚驶来的警车，追赶那辆呼啸而去的轻便摩托车。

二十分钟过后，警车在远离闹市的荒草地里停下，找到了横在地上的轻便摩托车。

此时，驾驶轻便摩托车的司机和二十面相已经不知去向。警方在荒草地里搜索了好长一段时间，没有发现罪犯的踪影。

第二天的各大报纸，竞相报道了这一事件。于是街头巷尾众说纷纭，就连电车、大巴士、出租车、理发店、咖啡馆和公园里，只要有两个以上的人在一起，话题中心便自然而然地变成了二十面相。

　　沉默多时的二十面相又出现了！这家伙多次被警方抓获，可又多次越狱成功，逍遥法外，扰乱社会秩序。现在，不仅仅东京的市民，就连整个日本的国民，只要一听到二十面相四个字就会心慌意乱，惶惶不可终日。

　　二十面相是化装高手，没有一张固定的脸，他究竟化装成什么模样出现，谁都无法预料。警方在东京城里到处设卡搜寻二十面相，但一个星期下来却连一点线索也没有找到。

弄巧成拙

七天后的某个傍晚，乌云密布，天空阴沉沉的。

小林少年和口袋小和尚，在世田谷区一条冷清的大街上行走。道路两侧，住宅和商店交错着紧紧地挨在一起。但那些商店不像商店街那样生意红火，几乎没有门庭若市的场面。

行人三三两两，十分稀少，这时候对面一辆轿车从他俩的身边疾驰而过。

"哎！那辆轿车形迹可疑！"

口袋小和尚脱口喊道。

"什么？可疑什么？"

小林问道。

"你瞧，那辆车里有亮光，是金色的光在闪烁！"

"闪烁什么？我怎么没有发现？"

"是司机的那张脸在闪烁，就是那司机的脸，他的肤色是金色的。"

"什么？这么说，他是黄金假面人……"

"我想大概是吧？瞧，车停了，这家伙从车上下来了。"

是的，那辆轿车停在前面一百米左右的路边，车上走出一个怪怪的男子。

身披黑色的长袍，衣领裹着脖子，黑色的帽檐遮挡了眼皮。

因为是傍晚，看不清楚他的长相和特征，但眼皮以下的部分，闪烁着金色的光芒，这家伙确实是黄金假面人！

黄金假面人，其实就是二十面相。

身披黑色长袍的男子，向路边一家正在营业的工艺品商店走去，这家商店装饰得十分豪华。

"走，去看看！"

小林拽着口袋小和尚的手，悄悄地靠近工艺品商店。

那辆轿车里空荡荡的，没有人也没有货物，应该是二十面相本人驾驶。

商店门口的两侧，是沿街的落地橱窗，店堂面积比片桐先生家的收藏室要小许多。橱窗中间是十分古朴的镀金佛像，它的周围是小佛像以及中间掏空的古代木偶。

两个少年向店堂看去，只见身披黑色长袍的男子正用手指着那尊古朴的镀金佛像，脸向营业员不知说了些什么。

"瞧，小林，不知这家伙是偷还是买，他会把到手的工艺品装在车上带回贼巢。我建议咱俩像过去那样，来个跟踪，摸清贼窝的所在地。"

口袋小和尚与小林商量着。

"嗯，那是最好不过了，咱俩先去调查一下那辆车的后备厢是开着还是关着的。"

小林说完便向那辆车靠近，脚步很轻，尽量不让正在商店里的可疑家伙察觉到。

　　"啊，好极了，没有上锁。"

　　幸亏后备厢里什么也没有，刚好适合两个人弯曲着身体躺在里面。

　　可躺在后备厢里难道不会有危险吗？等到那家伙回来，说不定会发生什么！

　　两个少年在发现黄金假面人的行踪以后，竟然忘记了一件重要事情。如果当时打电话给明智大侦探或中村警部，借助他们的力量逮捕二十面相那该有多好啊！那样做既安全又可靠，可现在小小的后备厢里隐藏着不可预料的危险。

　　也许是一时兴奋，小林和口袋小和尚忘乎所以了。这，太冒险了！

　　工艺品商店里，营业员看到这个穿黑色长袍的男子的脸是金色的，吓得脸色铁青，全身一个劲地颤抖。

　　商店里只有营业员一个人，没有人相助，营业员打算喊救命，可喉咙里却没有声音。

扮演黄金假面人的二十面相如入无人之境，走到橱窗后面取出镀金佛像，若无其事地向门外走去。

二十面相走到大街上环视了一下周围，把镀金佛像藏在长袍里走到轿车跟前。

不用说，那尊镀金佛像只能放在后备厢里了。

二十面相径直朝车尾的后备厢走去。

唉！小林事先没有充分考虑好，轻易躲入了后备厢里。

二十面相拿来镀金佛像放在后备厢里，那是完全可以预料的。聪明的小林和口袋小和尚竟然忽视了！

突然，后备厢的盖子被打开了，二十面相瞪大眼睛打量着后备厢。

"好啊，又是你们！你叫小林，他叫口袋小和尚。你们想跟踪我，那我就让你们一直跟着我。你俩可得乖点，中途是不允许跳车逃走的！"

说完，他把佛像使劲地扔在小林和口袋小和尚之间，关上厢盖后迅速上了锁。

转眼间，形势急转直下。小林和口袋小和尚身陷囹圄，成了二十面相的笼中鸟。

汽车飞跑起来，待在车尾的后备厢内，即便声嘶力竭地喊叫，行人也不可能听见，也就是说他俩等于到了另一个世界。

汽车疯狂地奔驰，不知驶向哪里。一个小时后，汽车开始颠簸，车忽左忽右，跳跃着向前行驶。两个人用手护着脑袋，避免重要部位被钢板撞伤。

路面不仅仅是高低不平、坑坑洼洼的，还有一连串的上坡道。车速越来越慢，简直像病牛拖大车似的。

大概快要接近某座山顶了吧，从工艺品商店出发，汽车已经足足行驶了两个多小时。

又过了三十分钟过后，车终于停了下来，或许已经停在二十面相大本营的门口。不一会儿，传来开锁的声音。后备厢打开了，他俩睁开眼睛向外看去，站在眼前的不是二十面相，而是两个恶狠狠的男子。他们好像是二十面相的部下，虎视眈眈地看着他俩。

外面已经被夜色笼罩，风直往他俩的脖子里灌。风里好像夹杂着一股深山老林里的那种浓浓的清香味，他俩一个劲地吸着。这里肯定是东京附近的某座大山里。

"两个小兔崽子，快爬出来！"

两个部下的态度十分生硬，大声命令着。

小林和口袋小和尚犹如两只笼中鸟，垂头丧气地爬出后备厢。

一个部下把后备厢里的镀金佛像夹在腋下，另一个部下抓住小林和口袋小和尚的手臂，向深处走去。

走到尽头，出现了一座黑色砖墙的建筑，欧式风格，两层楼高，表面已十分陈旧。大山里竟然有这样一幢欧式别墅，太不可思议了！

一行四人向铁门敞开的院子里走去，大概是发电机产生的电流，走廊里的灯光很暗，视线模模糊糊的。

沿昏暗的走廊一连转了好几个弯，来到走廊最深处的一个房门跟前。

房间大而豪华，天花板上悬挂着一盏水晶灯，整个房间被灯光照得如同白昼。

房间的墙面、顶面和地面，似乎镶嵌着无数颗宝石，光彩夺目。

房间里还排列着许多玻璃橱柜，橱柜里陈列着古董文物之类的工艺品，应有尽有，尤其是古佛像更是形态各异。刀剑类工艺品寒光逼人，还有宝石、王冠、首饰、精致的手提箱和花瓶等。

两个少年环视周围，完全被这琳琅满目的工艺品给深深地吸引住了。这个时候，房间的正面大门开了。二十面相走到房间里，全身上下是黄金假面人的装束。

金色头巾、金色脸、金色长袍、金色裤子和金色鞋子。

黄金假面人看着呆若木鸡的两个少年，笑了，镰刀形状的嘴巴向上向下呈圆形。

"怎么样？看呆了吧，这都是我收藏的宝物。上回，我好不容易建成的奇面城博物馆被你们发现，所有的宝物被你们洗劫一空，我不得不在这里再建一个相同规模的博物馆。这是新建的收藏室，展品繁多，装饰一流，像这样的展馆，除了这里，我还有好多。

"自从奇面城博物馆被你们破坏后，我与你们少年侦探团，尤其与口袋小和尚结下了不解的仇恨。凑巧你俩送上门来，真是天赐良机。我决定，让你们到这里先开开眼界。

"你们尽管放心，我不仅不喜欢杀人，也讨厌流血，但这并不等于就能免去对你们的惩罚。请记住！我要让天下所有给二十面相添麻烦的家伙知道，总有一天，都要让他们一一领教我的厉害。"

"那，你想严刑拷打我们？"

口袋小和尚喊道。

"严刑拷打这一类惩罚，我是不会的。凡皮肉之苦的惩罚，一概不会有。只是精神折磨，我打算让你俩好好地尝尝。"

"你把我们长时间地关押在这里，明智先生会来救我们的。我们的明智先生，不会不知道这里的。总之，你最终逃脱不了失败的命运。像这样的工艺品展馆，你是保不住的。所有赃物，最终都将完璧归赵。"

小林非常自信地说道。

"闭嘴！你说这话吓唬谁，等待你的是地狱！到底是什么样的惩罚，你就走着瞧吧！开始……"

话音刚落，小林和口袋小和尚脚下的地板不见了。猛然间，两个少年似乎漂浮在上不着天、下不着地的空中，随即迅速向下坠落。

原来，地板是陷阱的洞口。

刚才，二十面相按了一下按钮，陷阱的洞口便打开了，他俩的屁股与地面直接相撞了。

好一会儿，他俩连爬起来的力气都没有了，突然，黑暗里闪现出两道蓝光。

那是野兽的眼睛！

地底下的大猩猩

"小林，可不可以打开手电筒？"

口袋小和尚悄悄地问道。

"用手电筒照亮地下室，我们会觉得孤独、寂寞、害怕。咱们不清楚真相，更使人恐惧。"

小林沉思少许，决定孤注一掷，打开手电筒。

"好，咱俩同时打开手电筒，准备好了吗？一、二、三……"

两个少年各自从袋子里取出钢笔形状的手电筒，照亮发出蓝光的地方。

"啊，太可怕了，快关掉手电筒！"

他俩急忙关闭手电筒。

究竟看到什么了？

那是一只凶神恶煞的大猩猩，与曾在动物园里见过的大猩猩相似，与大人的个头一般高。

大猩猩迈着奇怪的步伐，大摇大摆地向他俩走来。熄灭灯光后，黑暗里又出现了两道蓝光，蓝光向前移动，渐渐地向他俩靠近。

顿时，他俩的脑袋里犹如被铁棒猛击了一下。好汉不吃眼前亏，三十六计逃为上策！他俩赶紧手拉着手，转过身拼命逃了起来。

地下室的面积不小，但四周都是墙，逃到墙边就再也不能往前了。

他俩把身体贴在冰冷的砖墙上，蹑手蹑脚地躲着大猩猩。此时此刻，他们心里只有一个念头，距离蓝光越远越好。

"啊，这好像是门！"

口袋小和尚手触摸着墙，似乎寻找到了一丝生机，激动地喊道。

"真的吗？在哪儿？呀，还真是门呢！快推，看看门能不能推开。"

小林使出吃奶的劲儿，用肩膀朝门撞去。

厚厚的木门向外打开了。

"快！跑出去后赶快关门，万一大猩猩跟着出来可就糟了！"

小林说完，便拉着口袋小和尚的手跑出门外，转过身后随手关上了房门。他关上门还不放心，用身体拼命地抵住，脚还使劲地撑着地面。

建造在大山斜坡上的别墅，应该有正门和后门，即便是地下室和走廊也应该有能通到一楼的后门。后门的地面高度，也应该与大山斜坡的高度相同。

"这鬼地下室没有木棍又没有石块，一旦门被大猩猩撞开，咱俩可就走投无路了！"

小林说着便用手电筒照着周围，果然连自卫的武器也没有。

这个时候，用身体抵住的房门开始传出响声，糟了！大猩猩在使劲地推门。

"别慌张，沉住气，一定要顶住！如果门被推开，咱俩可就没命了！”

小林不停地为口袋小和尚打气，但他瘦小的个头只擅长隐藏，根本就使不出惊人的力气，尽管小林是少年侦探团团长，可他毕竟还是少年。

他连哼两声为自己鼓劲，脚用力地撑着地面，连脖子也涨红了。可大猩猩力大无比，房门移动着，两个少年四只撑地的小脚也快支持不住了。

“我们快坚持不住了，还是逃吧！可朝哪里逃呢？”

小林拉着口袋小和尚的手，突然松开门板，向黑暗里跑去。

由于大猩猩使出全身的力气推门，房门猛地弹开，与此同时，一个圆滚滚的大家伙从房间里滚了出来。

两个少年一边跑一边看着背后，目睹了大猩猩狼狈不堪的过程。由于眼睛已经习惯了黑暗，走廊上的情景依稀可见。

大猩猩因推门时憋足了劲，在地上重重地翻了好几个跟斗，可能是身上的某个部位受了伤，在地上翻来覆去，半晌都没有爬起来。

"快！趁现在快逃！"

小林拽着口袋小和尚的手拼命地狂奔，口袋小和尚嫌自己的腿短，怎么也跟不上小林的步伐，等于是被小林拖着跑。

通道狭长，好像一直向谷底延伸。

他俩不要命地狂奔，跑了一百多米，眼前没有路了。

前方是高而陡峭的大山，通道到此为止了。小林转过脸朝后望去，已经来不及了，大猩猩正沿着通道向他俩追来。

咆哮般的吼声，在山谷里发出阵阵回声。

大猩猩弯着腰，探出头，张开大嘴不停地吼叫，两只长而毛茸茸的手，忽前忽右地摇晃着。

吼声似乎在说，小兔崽子们，再逃也是白搭！

眼下已经无路可走，前面和左右两侧都被峭壁阻挡了，而背后则是来势汹汹、力举千钧的大猩猩。

大猩猩没有止步，继续向他俩走来。这家伙要是放下前肢跑着冲锋，只要一个猛扑便可抓住他俩。可大猩猩没有这样做，依然只用两条后腿向他俩紧逼。那两条前肢，大概刚才倒地时受伤了吧！

"啊！这地方怎么会有这么深的洞穴？"

口袋小和尚发现了洞穴，又惊又喜。

虽天色黑得看不清楚，可那里确实有洞穴，而且，是一个人可以站着走进去的大洞。

已经没有时间考虑那么多了，眼下逃命要紧。要逃跑，进山洞是仅有的路。大猩猩距离他俩仅一步之遥。猛然间，两个人拔腿就向洞里跑去。

他俩一个劲地往洞里跑，如果有时间先考察一下，这洞里还真可怕！他俩根本就不知道，这洞穴深处究竟有什么？

霉气冲天的泥土味直冲脑门，洞顶嘀嘀嗒嗒地滴着冰冷的水珠，他俩不在乎这些，径直朝里面跑了三米左右。

"大猩猩可能没有发现这个洞穴！"

口袋小和尚抱着侥幸的心理说道。

"不！它一定发现这个洞穴了，那家伙就是天色再黑也能看清楚，还有它的敏锐嗅觉，可以嗅着我们身上的味儿。现在，咱俩必须认真调查一下，这到底是什么洞穴？"

小林说完，打开手电筒照了一下周围。

洞口一带虽说是岩石，但洞穴里边是土，两侧尽是又粗又圆的木柱，木柱顶着许多横梁。木柱与横梁，都是相同粗细的原木，其目的是防止土山塌方。立柱之间的距离是两米左右，一直向洞穴深处延伸。

"这可能是矿山吧，建造这样的坑道，是方便矿石的开采和运输。我去过矿山坑道，就是这种形式。可像这样的坑道，好像早就停止开采了，这是一个废矿。瞧！立柱和横梁已经腐烂，眼看顶上的土就要塌下来了，不抬起头看着走，会随时遇到危险的。"

小林一边解释，一边继续向前走着。

原来，这坑道是很久以前开挖的，当初不是为了采矿，是为了寻找德川时代流通的金币。

传说，明治维新时代有人把德川时代流通的

金币藏在这里。后来，某人打探到藏有金币的场所的密码，解开密码后，这个人便在这里花巨资挖了这条坑道。

坑道很长，途中有许多岔道，稍不留神就会迷路，不管怎么走就是出不去。

这幢变成二十面相窝点的红砖别墅，据说也是那个人建造的，是当时勘探金币的工人们休息的场所。

这故事发生在三十年前，据说工人们在地底下向前推进了好几公里，却连一枚金币也没有见着。长年累月的开挖，终因巨资耗尽而不得不停工。工人被遣散，而别墅却留了下来，但一直无人居住。

二十面相找到这幢旧别墅，经过装饰和加固，就占为己有了。

小林和口袋小和尚向坑道深处跑了十多米的时候。

震耳欲聋的吼声此起彼伏，在坑道里回荡。

"啊，大猩猩，大猩猩进坑道了！"

口袋小和尚说话的声音哆嗦起来。

小林敏捷地将手电筒对准坑道口。

果然是大猩猩，它站在十米开外的洞口处，叉开双腿，双目怒视着前方。

小林急忙关掉手电筒，可大猩猩在黑暗里也能大踏步行走，而且能看得一清二楚。当然，关掉手电筒的危险性更大。

他俩转过身，又向坑道深处跑了五六步。

坑道顶上传来可怕的声音，一个巴掌大的东西擦着两个人的头顶一闪而过。

坑道突变

"啊，好像是鸟！"

口袋小和尚抱住小林的腰部。

"肯定是蝙蝠，像这样的坑道里，可能居住着蝙蝠。"

小林告诉口袋小和尚。

这个时候，从他俩身后传来尖叫声，随后又传来翅膀在空气中拍打的声音。

"啊，我明白了，大猩猩抓住蝙蝠了，正在大口地吞吃……等它吃完，它再走过来是需要一些时间的，咱俩趁现在快跑。"

小林抓住口袋小和尚的手，不停地向坑道深处跑去。前方漆黑一片，地面高低不平，他俩不得不打开手电筒照亮前方，否则就无法看清方向。

可手电筒一打开，又必须马上关掉，倘若一直亮着，就等于给大猩猩带路，容易暴露自己的位置。

又跑了二十多米，小林打开手电筒一看，周围的情况与刚才显然不一样。

从上面掉落的水珠越来越多，地面上的土层也越来越松软，坑道两侧的土块滚落在通道上。立柱也越来越多，间距缩短到一米左右，但这些立柱已经腐烂，有的已经断掉。

坑道顶上的土摇摇欲坠，随时有可能塌方，已经掉落在通道上的土块湿漉漉的，他们越走越费劲，鞋底的泥土越来越多，鞋也越来越重。

不一会儿，后方又传来大猩猩的吼声，声音似乎十分遥远。

这大猩猩还真奇怪！为什么不迅速跑来抓住他俩？对了，肯定是大猩猩的哪个部位受了重伤！

或许大猩猩在模仿猫抓老鼠，不立即吞吃，而是把他们当作玩物一样地玩耍。

此刻，大猩猩似乎把他们当作玩具，一边追赶一边玩耍。

这个时候，小林的喉咙里发出愉快的声音。

"瞧，有岔道了！"

当他打开手电筒的时候，发现这里的坑道向左向右分开，右边的这条比左边的那条宽敞。

"好，朝右边岔道走，别打开手电筒，别让大猩猩察觉出我们走哪一条岔道！大猩猩如果选择左边的那条，我们就可以脱离危险了。从进入坑道一开始，我就盼着途中能出现这样的岔道。"

小林说完，便拉着口袋小和尚的手向右边的洞穴深处前进。

走了一会儿，路开始弯曲起来。渐渐地，他俩的身影已经很难被背后的大猩猩发现。为了加快步伐，他俩时而打开手电筒看路面，时而熄灭。

就在这刹那间，他们忽然觉得眼前的情况与刚进岔道时的情况几乎一样。

地面柔软，两侧是土山，立柱已经腐烂。

"步子轻一点，走路的声音也许会造成塌方。"

小林一边说一边继续向前，走完五六步，小林猛地停住脚步。

坑道深处传来在走路的声音。

"不好，那家伙朝我们这儿来了！如果它是朝左边坑道走，不可能传出这样的脚步声。"

小林轻轻地说，目不转睛地注视着黑暗深处。

可前面有拐角，遮挡了视线。

脚步声越来越近。

黑暗里闪现出两道蓝色的光。

眼睛，是大猩猩的眼睛！小林不知道大猩猩的眼睛竟能在黑暗里发光。但眼前这种大猩猩的眼睛，确实像磷火那样闪着蓝色的光。

两个少年情不自禁地惊叫起来，拔腿向坑道深处跑去，他们已经无暇顾及头顶上随时可能因地面振动而出现的塌方。

刚跑了一会儿，又突然惊叫起来。

好像是被什么东西绊倒了，两个少年的头部陷入潮湿而又冰冷的泥土里。

滚落下来的大土堆，将左侧通道挡住了，不能继续向前走了。

两个人大吃一惊，不能这样趴在地上，大猩猩马上就要过来了。

两道贪婪的凶光距离他俩仅五米左右。

他俩慌慌张张地爬起来，用手摸着墙壁并哆哆嗦嗦地迈着脚步。突然，他俩在右侧墙壁上找到了狭窄的断裂处，而后便赶紧钻了进去，他们迅速穿过断裂处绕到了大土堆的后面。

这个时候，大猩猩也来到大土堆跟前。他俩转过脸顺着狭窄的裂缝看去，磷火般的目光犹如燃烧的火焰，而且与他俩的距离越来越近。

突然！坑道里发生了变化。

前后被堵

　　不知从哪里传出的声音，柔软的土壤掉落在两个少年的头上和肩膀上。

　　小林明白了，一定是大猩猩朝他俩扔土块，可经过仔细观察，似乎不是这么回事，可能是更可怕的情况发生了！原来，坑道里发生了异变。

　　接着，坑道里又传来惊天动地的巨响，大块岩石和土块掉落下来，坑道被土堆完全封住了。

　　塌方！在矿山坑道里开采的时候，经常发生这种情况。矿山坑道里由于经常塌方，工人们经常是几个甚至几十个被活埋在地底下，像那样的矿难新闻，报上经常刊登。

惊天动地的声音之后，周围一片宁静。

他俩也许被掉落的土块和石块压得粉身碎骨了！

可似乎又不是那么回事，至少那长得瘦小而且机灵的口袋小和尚应该还活着！当听到轰隆巨响声的时候，他急忙闪开，向坑道深处跑去了。

口袋小和尚担心小林团长的处境，刚才随着塌方的同时，还伴有撕人心肺的叫声。如果那是小林团长最后的叫声，那……

口袋小和尚赶紧打开手电筒，把灯光对准刚才的塌方现场。

太好了！小林团长没有被土块和石块压在底下，仅仅是倒在地上。不过，塌方的现场与他近在咫尺，差一点点，他也许就……

小林倒在地上，身体没有动弹，口袋小和尚又不免担心起来，或许小林团长被掉落的石块砸着脑袋了。

口袋小和尚跑到小林身边，把手放在他的嘴

上，有呼吸！不要紧！命可以保住！可是，小林的某个部位可能受伤了！

口袋小和尚欲抱起小林，可那么瘦小的个头又怎么抱得起小林呢！他设想了很多办法，也试了好多做法，都无济于事。

就在这个时候，小林醒了。

"啊，我刚才昏迷了？"

"是的，吓死我了！没伤着哪里吧？"

小林摸了一下全身。

"好像一点伤也没有，可我脑袋疼，好像被什么东西猛击了一下！"

"啊！额头上出血了！"

"嗯，还真出血了，是这里被猛击了一下，我才昏了过去。"

小林取出手绢摁住伤口，脸上却露出担心的神色。

"我昏迷多少时间了？"

"只一会儿，大概几分钟吧！"

"照这么说，从塌方到现在就那么点时间，大猩猩怎么样了？"

"你是说大猩猩？"

"大猩猩差不多完蛋了吧！"

"是啊，塌方的时候，我听到大猩猩惨叫一声，可大猩猩在这座土堆对面，说不定早已逃走了！小林，咱俩安全了！瞧，塌方堵住了我们的后路，可大猩猩也过不来了！"

口袋小和尚兴高采烈的，庆幸他们脱离了大猩猩的魔爪。

他俩真安全了吗？被围困在铁桶般的坑道里，兴许还有比大猩猩更可怕的危险等待着他们呢！

"总之，向后是出不去了！只有向坑道深处前进，才有可能柳暗花明并找到返回岔道口的路，才有可能找到坑道口。"

于是，他俩一齐打开手电筒，照亮着前方并向坑道深处走去。

"啊，不能往前走了，这里也塌过方。"

刚走了二十米左右，小林喊道。

坑道前方也被一大堆土堵得水泄不通了，小林用手摸了一下土，好像是以前塌的，掉落下来的土块早已干裂。由于这里的立柱和横梁已经陈旧腐烂，也随时有可能再次塌方。

坑道两头都被堵住了，两个少年进退不能，被围困在长度二十米左右的坑道里。

已经没有获救的希望了！

"像这样待下去，我们很快会窒息的。"

口袋小和尚一边胆怯地说，一边看着小林。

是啊，尽管有二十米长的空间，可毕竟是叫天天不应叫地地不灵的地下坑道。狭窄的坑道里容纳不了多少氧气，要不了多久氧气就会消耗殆尽。

等待他俩的是成为木乃伊，永远默默地陪伴着这漆黑的坑道。

"没关系！比起干电池的手电筒，这里的氧气还可供咱俩呼吸一段时间。我们抓紧时间开动脑筋想想办法！"

小林鼓励口袋小和尚后，转身朝堵住坑道的土堆走去。

"眼下只有挖洞钻出去，别无它路。"

"可是，这里刚塌过方，一挖土就可能出现'滑坡'。再说这泥土里含有大量水分，说不定顶上的土会再次掉落，恐怕还会出现第二次塌方！那我们可能一辈子都要待在这里了。"

　　"是啊，真伤脑筋！"

　　口袋小和尚把两只小手抱在胸前，摇晃着脑袋，似乎想不出好的办法。

　　他俩的结局究竟如何？各位读者，你能猜出来吗？

　　也许小林的脑瓜子里会冒出绝妙的主意，反之也许就……

挖洞突围

"走，我们到坑道前面的土堆那儿去，挖那边的土试试看，那儿已经塌方很长时间了，土堆干燥，可能挖起来会比较容易。"

"嗯，试试看！除此之外，也确实没有其它办法了。"

小林走到土堆前，用手挖了起来。土堆也不是硬得如铁板一块，只要使劲挖就可以挖掉。

一些腐烂的立柱，歪歪斜斜地埋在土堆里。小林使劲地挖立柱旁边的土，立柱并没有出现歪斜的迹象，好像被土堆支撑着，一点也不动弹。这里似乎并不存在第二次塌方的可能性。

小林用手努力地挖土，不一会儿，长度五十厘米左右的洞穴挖成了。

黑暗里，他们劲头十足，头上和身上大汗淋漓。为了节省电池，他们只能停止使用手电筒。小林在前面挖，挖出的土由背后的口袋小和尚搬运到远处。

很快，小林手指间的表皮被磨破了，疼得泪水在眼眶里直打转。

"口袋小和尚，你来代替我，我去找一个挖土的工具。"

说完，小林打开手电筒在二十米长的坑道里寻找着。

"有了！有这个就行了。"

找到一个三角形的扁平石块，挖起土来不比铁锹差多少。

找到这个代替铁锹的石块后，挖土效率明显提高了许多。洞越挖越深，他们可以钻到洞里挖土了，越往里边挖，土越松软。可是，只挖了一米长的洞，小林已累得气喘吁吁了。

"小林，你一个人挖太累了，还是轮流挖吧。现在，我来挖！"

一个人挖，另一个人搬运。每挖三十下，搬运的人就替换挖土的人。就这样，他们干得热火朝天。

"小林，像这样辛辛苦苦地挖下去，洞穴那头不知是什么情况，这土堆到底有多厚，我们一点也不清楚呀！"

口袋小和尚在黑暗中忙着运土，嘴里唠唠叨叨地说。

"嗯，那倒也是。"

"如果洞穴那一头的坑道里全是土，那怎么办？我们就是再挖也出不去呀！"

"是啊！"

小林附和着说。

"即便那一头的坑道里没有土堆，可毕竟是坑道尽头而不是坑道口呀！咋办？恐怕咱俩已经没有生还的可能了！"

口袋小和尚急得快要哭了。

"喂，喂，别尽说那些打退堂鼓的话，我看过许多冒险小说，越是最困难最危险的时候，越是要忍耐和坚持，这是最重要的！咱俩要加油干，要坚持到最后，那样就有可能死里逃生。

"倘若我们心灰意冷，就这样傻等着，厄运就会来临，就是天上的神仙，它也从来不救助胆小鬼。口袋小和尚，加油干，只要加油干，咱俩就会化险为夷，逢凶化吉。"

小林忘我地挖土，以致意想不到的情况发生了。

就在洞穴向前推进到两米左右的时候，小林发现前方有一根埋在土里的立柱已经腐烂。小林顺手拽了一下，上面猛地传出声音。

紧接着，上面的土块犹如瀑布一样掉落下来，小林从脑袋到腰部全被埋在土里了。

这个时候只能轻轻叫唤，却不能大声喊叫。小林的脸上被土盖住了，别说喊救命，就连呼吸也急促起来。如果稍有怠慢，也许……

口袋小和尚被刚才的巨响吓了一跳，他打开手电筒向洞里照去。

只见小林团长的两只脚正在痛苦地挣扎，腰部以上部分被土盖得看不见了。

"哇，糟了！"

口袋小和尚赶紧伸出双手抓住小林的脚使劲往外拽，嘴里还喊着号子。

压在小林身上的土很重，弱小的口袋小和尚怎么也拽不动。他不停地为自己鼓劲……小林团长是自己喜爱和佩服的人，决不能眼睁睁地看着他死，就是把自己的小命搭上也要把他救出来。

他涨红着脸，使出吃奶的力气望外拉。

被压在土里的小林似乎明白了怎么回事，也挣扎着往后退，配合着口袋小和尚的救援行动。

在他俩的默契配合下，小林的身体一点一点地退出来。

处在艰难的境地，只有坚持不懈地努力才有希望！

此刻，每拽出一寸都要花费巨大的勇气和力

量。就这样，两个人齐心协力，小林一寸一寸地向洞外移动着。等到小林身体全部被拽出洞外时，他们已耗费了很长时间。

"这回遭罪了，差一点我就要去老天爷那里报到了。"

小林一边用手绢擦着满是泥土的脸，一边深呼吸，痛苦不堪的样子。

"小林，到底出什么事了？"

口袋小和尚用手电筒照着团长那没有笑容的脸，问道。

"起初挖得很顺利，可再朝前挖时，我发现前面的土里埋着一根立柱，于是我顺手拽了一下，不知道是立柱的弹力还是其它什么原因，扯动了上面的土。

"顿时，土块掉落下来，这次虽不像塌方那么厉害，可也够受的……接下来我们再挖土的时候，可千万要小心。"

"那还往前面挖吗？你已经受了这么大的罪……"

口袋小和尚被小林的毅力惊呆了。

"当然！再碰上这种情况，也只能听天由命，可我们必须抗争，坚持到最后。"

他们休息片刻后又开始战斗，小林用手电筒的灯光对准洞穴深处，观察着情况。

"瞧，这里还有一根立柱根本拽不动，如果挖空立柱，下边的土肯定不会有危险！"

接着，两个人交替干活，经历了刚才的风险，他们挖土的动作缓慢起来，使出的力气也小了许多。可像这样挖下去，一旦坑道里的氧气耗尽，呼吸可就没法维持了。因此，他们还得保持原来的劲头。

坑道里万籁俱寂，一看手表，时针正指向一点，已经是次日凌晨。口袋小和尚甩开膀子干了起来，他的拼命精神着实让小林吃了一惊。

很快洞穴的深度突破了三米，但如此艰难的工作，究竟要持续到什么时候？腰部、肩部和手腕已经麻木，全身像散了架似的，连说话的力气也没了。

他们时常爬到洞外，换一口气，歇一会儿，再扭扭腰部，活动一下四肢，再爬进洞里继续挖土。

口袋小和尚已经不再说泄气的话了，精神抖擞地玩起命来。

就在"石锹"又挖了三四个回合的时候，奇迹出现了！

扑通一声，"石锹"向前滑出不见了！

洞口挖穿了！

洞口出现了！

紧接着，从洞口吹来一阵阵冰凉而又新鲜的空气。

小林精神振奋起来，急忙打开手电筒向洞口外照去。

"啊，我们成功了！"

小林激动得又是喊又是叫的，喊叫声里混杂着颤抖的声音。

洞外是没有尽头的坑道，一直向前延伸。在危急关头，他们没有气馁，而是齐心协力，不怕疲劳，终于冲破了由塌方形成的"铜墙铁壁"。

事物往往就像小林刚才说的那样，老天爷始终是站在持之以恒、坚持不懈的人一边。终于，死神与两个智勇双全的少年擦肩而过。

他们将洞口扩大后，从那里朝宽敞的坑道爬去。

爬到坑道后就真能获救吗？倘若坑道前方再出现不可逾越的"铜墙铁壁"，那结果该如何呢？

手电筒的电池马上就要耗尽，在黑暗里行走，迷路是必然的。

"小林，我们真能获救吗？说不定还是出不去，还是被困在这里！

口袋小和尚哭丧着脸，忍不住又说起了泄气话。

大猩猩被埋

"听天由命吧，我们反正尽自己的所能，只要坚持下去，我们会出现转机的。如果只是叹气而没有行动，那只有死路一条。"

小林拽着口袋小和尚的手，一边打气一边沿着黑暗的坑道向前走去。他们虽拿着手电筒，但节约用电是眼下的头等大事，只要一打开，马上就关闭，两人摸黑走路的步子十分缓慢。

由于刚才的挖土作业，两个人身上的力气已经所剩无几，只能走一会儿再蹲下来歇一会儿。

两个人一边走，一边担心再出现堵路的土堆。

可一路上似乎走得十分顺利，没有被堵的迹象。坑道里弯弯曲曲，一直向前延伸。

"这不是正规坑道，工人们为方便寻找金币随意向前开挖。据说，他们最终还是没有交上好运，一无所获，并且还花了不少钱呢！"

小林喃喃自语地说道。

就像本文前面说的那样，传说这山里藏有德川幕府时代流通的金币，有一个大款为找到这笔横财，雇佣许多工人开挖了这样的坑道。

"贪得无厌的人，其结果是以损失惨重而告终，什么藏有金币的传说，明摆着是谎言。"

小林说道。

"因为有这样的坑道，才使咱俩遭受了这般痛苦。"

口袋小和尚气愤地说。

"喂，口袋小和尚，也幸亏有这样的坑道，我们才能逃脱大猩猩的魔掌。这功劳应该归功于这条坑道吧！"

"嗯，说得倒也是。"

两个少年默默无言地又走了一会儿，不料口袋小和尚伤心地叫了起来。

"我饿极了，已经快走不动了。"

"现在这种时候，我们只有挺过去，肚子饿，根本就算不了什么！如果待着不走，死神就会来临。走吧！口袋小和尚。"

小林鼓励口袋小和尚，自己则带头向前走着。

走了片刻后。

"我隐约觉得这脚下的通道好奇怪呀，快打开手电筒看看！"

说完，两人打开手电筒照亮了前面。

"啊呀，有岔道，我们应该走哪一条呢？"

"还真有岔道呢！这右边的岔道长，而左边的岔道宽。"

"嗯，应该走左边的岔道。"

他们走进左边的岔道，向前走了十多米的时候又遇上一条岔道。

"呀，又碰到岔道了！我看还是应该选择左边的岔道，倘若忽左忽右地走岔道，弄不好又回到刚

173

才来的岔道口，既然我们已经选择左边的岔道，就应该一直选择左边。"

他们向左拐入岔道并向前走了片刻后，又碰上一条岔道，于是继续选择左边岔道。

渐渐地，坑道里的环境变得越来越不一样了，空气非常潮湿，呼吸也急促起来，小林觉得奇怪，赶紧打开手电筒。

"啊，又遇上土堆了！"

口袋小和尚喊道，前面又是一道厚厚的"土墙"。

终于，他们又走进了死胡同了，他们逃生的可能性似乎又显得渺茫起来，就在这个时候，不知从哪里传来痛苦的叫声。

两个少年大吃一惊，急忙环视四周。

"啊，是大猩猩！瞧，大猩猩的身体一大半被埋在土里了，满脸痛苦的表情。"

果然，土堆底下露出大猩猩的脑袋和一部分背脊。大猩猩，此刻变成了土堆的底座。

"啊，我明白了！"

小林吃惊地喊道。

"口袋小和尚，我明白了！这里是塌方形成的土堆的另一侧，与我们刚才被困的地方正好相反。大猩猩追逐我们来到这里，当时这儿的土堆中间有一道狭窄的裂缝，也许它想从裂缝挤过来抓我们或者其它什么原因遇上了塌方，大猩猩被塌方的土堆压在了下面。看它这般痛苦的模样，肯定伤得不轻，它自己无法从土堆里挣脱出来。"

"可我还是觉得奇怪，转了这么多的弯，怎么还是回到塌方现场了。"

"我们一路上遇到三个岔道都是沿着左边走，路是弯弯曲曲的，所以又不知不觉地返回这里了。"

口袋小和尚分析完毕，高兴地说。

"对！我们现在从这里出发，遇上岔道就左转，肯定可以走出坑道。"

小林也高兴起来，说话声清脆而又爽朗。

痛苦的叫声不断传来。

此时此刻，大猩猩的叫声忽然变了，酷似人的喊叫声。

"瞧！大猩猩的后背裂开了！"

口袋小和尚用自己的手电筒一边照着那里，一边喊道。

大猩猩的脸朝下，背部被土埋了一大半，而且已经裂开，也许塌方时它被掉下来的大石块砸成了重伤！

不，那不是伤。背部的毛皮断裂成两半，可里面没有鲜血向外涌出，而是黑乎乎的。他们小心翼翼地走到跟前，伸手摸了一下。

"啊，这不是大猩猩，是人。竟然是人穿着猩猩的毛皮化装成大猩猩的。"

口袋小和尚惊奇地叫道。从裂缝向里边观察，好像是黑色衬衫。

"照这么说，这家伙头上戴着的是大猩猩的脑袋。"

小林试着转动了一下大猩猩的脑袋，手上的感觉也十分奇怪，好像是大猩猩的脑袋标本。

"口袋小和尚，使劲！把他头上的脑袋标本扒下来！"

他们齐心协力，一会儿左右转动，一会儿向外拽，脑袋标本与真正的头部分离了。

"呵，原来是戴着大猩猩的脑袋标本吓唬我们。瞧！标本的眼睛部位还嵌有玻璃，里面装有小灯泡，灯泡屁股上还拖着电线和干电池呢！"

小林手指着脑袋标本的内侧，讲解给口袋小和尚听。那两道蓝光，原来是蓝色小灯泡在作怪。

大猩猩的脑袋标本被摘下后，出现了一个三十多岁模样的男子的脸庞，耷拉着脑袋，无精打采的神情。脸上的眼睛、鼻子和嘴巴已经快挤成一团了，并且还在痛苦地呻吟着。

这家伙伪装成大猩猩吓唬他们，结果搬起石头砸了自己的脚。

假面具的背后

"这家伙可能是二十面相的部下。"

口袋小和尚用憎恨的目光打量着那张脸。

"可能是吧！不过，也有可能是……"

小林说完，仔细地端详起这张脸来。

"小林，你怎么不往下说了？"

口袋小和尚吃惊地望着小林的脸。

"像这样的大角色，难道会让部下干吗？我估计，这家伙是二十面相！可咱俩谁也没有见过二十面相真正的脸，因为他经常变换脸谱。可从手法来看，他就是二十面相本人！"

两个少年面面相觑，好长时间里都没有吭声。

　　他俩做梦也没有想到，那个自称恐怖王的二十面相的脸，今天却近在咫尺，即便用放大镜看也没有现在这么清楚。这个不可一世的家伙，今天却被沉重的土堆压在底下，嘴里还不停地呻吟着。

　　如果不从土堆下救出他，他要不了多久就有可能到死掉。小林心想，二十面相虽恶贯满盈，也不能让他这样死，应该让他受到法律的制裁。再者，他到底是不是二十面相，还有待于警方进一步调查。

　　"喂，你是不是二十面相？快说实话！"

　　小林问道。

　　"要是说实话，能救我吗？"

　　那家伙呻吟了几声，微微张开嘴说。

　　"当然救你，但你说的必须是实话！我再问你，你是二十面相吗？"

　　"嗯，我就是。"

　　"好，明白了。没有我们的帮助，你依靠自己的力量是怎么也爬不出来的。现在，我们去喊大人来，你再坚持一下吧！"

小林说完，转身朝洞外走去。

就在这个时候。

"啊呀！不得了了！"

口袋小和尚的喊叫声音在坑道里回荡，险些震聋小林的耳朵。

"怎么了？口袋小和尚。"

小林少年惊讶地问道。

"我发现金币了！简直多得数不清！这里有，那里也有……"

在手电筒灯光的照射下，古金币折射出金色的光芒。无数的金币，与塌方的泥土混杂在一起。

小林拾起一枚金币放在手上，沉甸甸的，确实是黄金浇铸的金币。小林数了一下暴露在泥土表层的金币，竟然有一百多枚。埋在上边泥土里的木箱已经腐烂开裂，金币是从裂开的地方滚落出来的。

"啊啊，我明白了。装有金币的木箱，原来是埋在坑道的顶层里。刚才的塌方，使在泥土里埋藏多时的古金币得以显山露水。这只木箱的上边，说不定还埋着许多装着金币的木箱！"

突然出现的金币，对于两个少年来说，远远超过欧洲人发现新大陆的喜悦。那个大款曾经雇佣那么多工人开挖这么长的坑道，结果还是不能如愿以偿。

托塌方的福，小林和口袋小和尚找到了德川时代的古金币。

"口袋小和尚，咱俩是不能将金币占为己有的！"

"嗯，我知道，咱们应该尽快把这一喜讯报告给警方……"

小林拉着口袋小和尚的手正要离开，被埋在土里的二十面相喊住了小林。

"喂，小林，快，快救救我……"

从声音听上去，似乎不救他，他马上就会死！

"好，别急！我们立即喊人来救你，希望你再坚持一下！"

他们撒开双腿朝坑道口跑去，虽路程不短，可他们已经走过一回了，不会迷路了。

片刻后，前方亮了起来，沐浴着阳光的坑道口终于出现在眼前。新鲜空气迎面而来，精神也随之振奋起来。

很快，刚才看到的坑道口越来越大，两个少年跑出坑道口，迎着拂晓的阳光大口大口地呼吸着。从昨天夜里到现在，两个少年在坑道里待了整整一个晚上。小林看了一眼手表，时针正指向早晨五点。

"那幢别墅门口应该停有一辆轿车，我会驾驶，我们赶紧开车去报案，再顺便把医生带来给二十面相紧急包扎，看来他伤得不轻！"

小林说完，口袋小和尚也开始为受伤的二十面相担心起来。

"这样过去行吗？如果惊动了别墅里的二十面相的部下，他们会冲到坑道里救出二十面相，也会盗走古金币，那可就糟了！"

"不会的！他们肯定还在睡大觉，即便察觉到坑道里有情况也没关系，因为要找到被埋在土里的二十面相是需要很长时间的。

"即便那些部下暂不营救二十面相，先盗走古金币也无妨，因为那顶层里的大量金币，至少需要三四个小时才能全部挖出来。

"只要我们是驾驶汽车离开这里，再难办的事情都能办成，要是换作徒步行走那可就困难重重了，既浪费时间，也有可能还没有跑出大山就被二十面相的部下抓住。"

听完小林的一番解释，口袋小和尚总算放心了。

小林的驾驶技术是超一流的，他们坐上轿车后，小林悄悄地启动引擎并沿着山路奔驰起来。

过了四个多小时，十八个人涌入这座大山里的别墅。有当地的警察、医生、明智大侦探、中村警部等人，还有小林和口袋小和尚。

别墅的门口，一共停有五辆警车。

首先救出因塌方被埋的二十面相，医生为他做了紧急的治疗。由于伤势较重，他不能大幅度地活动，更不可能像以前那样逃走了。

　　他的十个部下被戴上手铐后，纷纷被押上警车，由警察们带走了。

大收获

两天以后，埋藏在坑道顶层里的许多金币木箱得以重见天日。一共有五十多口木箱，里面全都装满了古金币。这里有德川时代古金币的传说，看来并非捏造，还确有其事。

所有的古金币全部交给了其继承人，小林和口袋小和尚获得了其奖励的五百万日元。

两个少年都是孤儿，从小就失去了父母。因此，他俩便把奖金如数交给了大侦探明智先生，用于侦探事务所和少年侦探团的经费。

几天后，少年侦探团和流浪儿别动队的少年侦探们询问小林。

"小林团长，明智先生打算怎么使用那笔钱呢？"

"我没问过先生，这事还不清楚。但我想，先生肯定是把这笔钱用在侦探事业最需要的地方。"

"小林团长，如果由你支配这笔钱，你打算怎么使用呀？"

"要是我嘛，肯定先购买五六部手机。手机不管在什么地方都可以用它与事务所和警方取得联系，即使我们中间某个少年侦探被歹徒抓住或关押了，仍可以用它向明智先生报告准确的关押地点而获救，也用不着害怕了！"

"哇！这主意太好了！小林团长，就买手机吧！你可别忘了对明智先生说啊！让先生快快给我们少年侦探团和流浪儿别动队配备手机，好让我们协助警方多抓些坏人。"

"对！太好了！我们都赞成买手机。"

"少年侦探团万岁！"

少年侦探们高兴得又是喊口号又是鼓掌。

大家一致通过的建议，肯定会得到明智先生的首肯。少年侦探们持有手机侦查案件的日子，已经是为时不远了。

　　一旦有了先进的通信设备，少年侦探们的战绩将会再上一个台阶，会更让世人刮目相看，让罪犯无处可藏。

江户川乱步年谱

1894年　出生

本名平井太郎，10月21日出生于三重县名张市，为家中长子。父平井繁男，时任名贺郡官府书记员。母平井菊。

1897年　3岁

因父亲工作调动，举家搬迁至名古屋市。

1901年　7岁

4月，进入名古屋市白川寻常小学就读。

1903年　9岁

《大阪每日新闻》连载菊池幽芳的《秘密中的秘密》，母亲每晚都会念给他听，从此对侦探故事萌生了极大兴趣。

1905年　11岁

4月，进入市立第三高等小学。协助父亲采用胶版誊写版印刷和发行少年杂志。二年级时喜欢上了押川春浪的武侠冒险小说。

1907年　13岁

4月，升入爱知县立第五初级中学。读到黑岩泪香的《岩窟王》，印象特别深刻。

1908年　14岁

其父开设平井商店，主营进口机械的贸易销售，兼营外国保险代理和煤炭销售业务，并采购全套铅字，印刷和发行《中央少年》杂志。秋天，开始在学校附近租借宿舍，独立生活。

1910年　16岁

与要好同学坐船到中国的东北地区旅行。

1912年　18岁

3月，初中毕业。因喜欢出版事业，与同学到处奔走、筹备。6月，其父开设的平井商店破产倒闭。由于失去了学费来源，没有继续上高中。随父亲坐船到朝鲜马山，从事垦荒和测量工作。8月，只身赴东京勤工俭学，以优异成绩考入早稻田大学预备班，白天上学，晚上寄宿在东京都本乡汤岛天神町的云山印刷厂，逢休息日打工。12月，迁到春日町借宿，业余时间靠誊写挣钱。

1913年　19岁

春，与祖母在东京牛込喜久井町生活，重读黑岩泪香等著名作家写的侦探小说。曾计划印刷和发行《少年新闻报》。8月，预备班毕业，考入早稻田大学经济学专业学习。

1914年　20岁

春，与同学创办《白虹》杂志，利用业余时间阅读爱伦·坡、柯南·道尔等英国作家的短篇侦探小说。为了阅读侦探小说，辗转于各大图书馆，所做的笔记装订成册，称为《奇谈》。

1915年　21岁

其父回国供职于某保险公司，在牛込与全家一起生活。继续阅读外国侦探小说，并悉心研究"暗号通讯文书"的由来、规则和特点。

1916年　22岁

8月，毕业于早稻田大学经济学专业，入职大阪府贸易商加藤洋行。

1917年　23岁

5月，从加藤洋行辞职，在伊东温泉开始阅读谷崎润一郎的作品《金色之死》，执笔撰写电影评论文章。11月，入职三重县鸟羽造船厂电机部，参与内部杂志《日和》的编辑。

1918年　24岁

4月，其父再赴朝鲜工作。与鸟羽造船厂的同事组织"鸟羽故事会"，在各剧场、小学巡回。冬，在坂手村小学结识村上隆子。

1919年　25岁

辞职到东京。2月，与两个弟弟在东京本乡驹达町经营一家旧书店"三人书房"。7月，在书店二层编辑《东京PACK》杂志。11月，开设中华面馆。同年，与村上隆子成婚。

1920年　26岁

2月，入职东京市政府社会局。10月，关闭旧书店，入职大阪时事新报社，担任记者，经常与井上胜喜谈论侦探小说，开始撰写《二钱铜币》。

1921年　27岁

3月，长子平井隆太郎诞生。4月，在东京担任日本工人俱乐部书记。

1922年　28岁

8月，辞职后回到大阪府外守口町的父亲家，与父亲一起生活。9月，《二钱铜币》《一张收据》完稿，正式向某杂志社投稿，但未被采用。不久，改投《新青年》杂志，经审定采用。12月，入职大桥律师事务所。

1923年　29岁

4月，《二钱铜币》在《新青年》刊载，小酒井不木博士长文推荐。7月，《一张收据》在《新青年》刊载，辞去大桥律师事务所工作，入职大阪每日新闻社广告部。

1924年　30岁

4月，关东大地震，全家迁回大阪。7月，在《新青年》发表《二废人》。10月，在《新青年》发表《双生儿》。11月底，离开大阪每日新闻社，成为职业作家。

1925年　31岁

1月，在《新青年》增刊发表《D坂杀人事件》，名侦探明智小五郎首次登场。到名古屋拜访小酒井不木。之后，到东京拜访森下雨村，结识《新青年》派作家。2月，在《新青年》发表《心理测验》。3月，在《新青年》发表《黑手组》。4月，在《新青年》发表《红色房间》，与春日野绿、西田政治、横沟正史等作家发起创建"侦探兴趣协会"。5月，在《新青年》发表《幽灵》。7月，在《新青年》发表《白日梦》《戒指》。8月，在《新青年》增刊发表《天花板上的散步者》。9

月，在《新青年》发表《一人两角》，在《苦乐》发表《人间椅子》；其父逝世。10月，成立"新兴大众文艺作家协会"。

1926年　32岁

发表侦探小说《噩梦塔》(直译名《幽鬼之塔》)等多篇作品。12月，在《朝日新闻》上连载《畸心人》(直译名《侏儒法师》)。

1927年　33岁

3月，停笔，与妻平井隆子开设"宿舍租借有限公司"。不久，独自外出旅行，到日本海沿岸、千叶县沿岸等地；10月，到京都、名古屋等地；11月，与小酒井不木、国枝史郎、长谷川伸和土师清二等人创建大众文艺民间合作组织"耽绮社"。

1928年　34岁

3月，出售早稻田大学附近的宿舍。4月，买下东京户塚町源兵卫一七九号的房屋。同年，发表《丑角师》(直译名《地狱丑角师》)。

1929年　35岁

1月，在《新青年》发表《噩梦》。6月，发表处女随笔《恶魔王》(直译名《恐怖的魔王》)。8月，在《讲谈俱乐部》连载《蜘蛛男》。

1930年　36岁

5月，改造社出版《孤岛之鬼》。7月，在《讲谈俱乐部》连载《魔术师》。9月，在《国王》连载《黄金假面》。10月，讲谈社出版《蜘蛛男》。

1931年　37岁

5月，平凡社出版《江户川乱步选集》13卷。同年，出版《迷重重》(直译名《钟塔的秘密》)、《暗黑星》和《邪与恶》(直译名《影男》)。

1932年　38岁

3月，停笔，带全家外出旅游，先后到过京都、奈良、近江等地。

1933年　39岁

1月，加入大槻宪二创建的"精神分析研究会"，每月出席例会，并为该会《精神分析杂志》撰稿。4月，长子平井隆太郎升入大阪府立第五初中学校。同年，好友山本直一辞去博物馆工作，担任江户川乱步的助手。12月，在《国王》连载《红蝎子》(直译名《红妖虫》)。

1934年　40岁

发表《恐吓信》(直译名《魔术师》)、《黑天使》和《不归路》(直译名《死亡十字路》)。

1935年　41岁

1月，平凡社陆续出版《江户川乱步杰作选》12卷。6月，春秋社出版《人间豹》。9月，编写《日本侦探小说杰作集》，由春秋社出版，并发表长篇评论文章。

1936年　42岁

1月，在《讲谈俱乐部》连载《绿衣人》；在《少年俱乐部》连载《怪盗二十面相》。5月，春秋社出版评论集《鬼的话》。12月，讲谈社出版《怪盗二十面相》。

1937年　43岁

1月，在《讲谈俱乐部》连载《噩梦塔》（直译名《幽鬼之塔》），在《少年俱乐部》连载《少年侦探团》。战争爆发后，政府当局对于出版物的审查越来越严格，江户川乱步的所有小说被禁止出版发行，不得不停止撰写侦探小说。为了生活，江户川乱步借用别名为少年儿童撰写探险小说。后来，当局只允许江户川乱步撰写防谍反特小说，在杂志和报纸决定连载前，必须经过外交部、内务部、警视厅和宪兵机构的联合审查，达成一致意见后方可使用江户川乱步的名字刊登。由于公开抗议，被勒令停止写作，结果只写了一部小说。

1938年　44岁

1月，在《少年俱乐部》连载《妖怪博士》。3月，讲坛社出版《少年侦探团》。4月，新潮社出版《噩梦塔》。9月，新潮社出版《江户川乱步选集》10卷。

1939年　45岁

1月，在《讲谈俱乐部》连载《暗黑星》，在《少年俱乐部》连载《蒙面人》。2月，讲谈社出版《妖怪博士》。

1940年　46岁

2月，讲谈社出版《蒙面人》。7月，因心脏不适住院治疗。10月，与同人创立"大政翼赞会"。

1941年　47岁

7月，非凡阁出版《噩梦塔》。12月，任东京池袋丸山町防空会长。

1942年　48岁

任东京池袋北町会副会长，以"小松龙之介"的笔名连载《聪明的太郎》。

1943年　49岁

与著名作家井上良夫书信往来，交流对欧美侦探小说的看法。8月，开始连载科幻小说《伟大的梦》。11月，东京大学文学部在读的长子平井隆太郎被征召入伍，为其举行送别会。

1944年　50岁

出任行政监察随员助手，后在町会领导下开设军需品加工厂生产皮革制品。

1945年　51岁

4月，家属被疏散到福岛，自己则只身留在东京池袋，继续担任町会副会长。6月，因病被疏散到福岛。8月，在病床上听到裕仁天皇宣布无条件投降，平井隆太郎从土浦飞行队退役。11月，举家迁回池袋。

1946年　52岁

6月，倡议成立"侦探小说星期六研讨会"，每月开一次例会。

1947年　53岁

6月，"侦探小说星期六研讨会"更名"侦探作家俱乐部"，被选举为第一届主席。11月，到关西等地演讲，普及和推广侦探小说。没有新作问世，但旧作再版达31部。

1949年　55岁

1月，在《少年》连载《青铜怪人》。6月，再度当选侦探作家俱乐部会长。11月，光文社出版《青铜怪人》。

1950年　56岁

1月，在《少年》连载《虎牙》。3月，在《报知新闻》连载《断崖》，为战后首部短篇侦探小说。12月，光文社出版《虎牙》。

1951年　57岁

1月，在《趣味俱乐部》连载《恐怖的三角馆》，在《少年》连载《透明怪人》。5月，岩谷书店出版评论集《幻影城》。12月，光文社出版《透明怪人》。

1952年　58岁

1月，在《少年》连载《怪盗四十面相》。3月，评论集《幻影城》荣获侦探作家俱乐部授予的"第五届优秀侦探小说勋章"。7月，辞去侦探作家俱乐部会长一职，任名誉会长。12月，光文社出版《怪盗四十面相》。

1953年　59岁

1月，在《少年》连载《宇宙怪人》。12月，光文社出版《宇宙怪人》。

1954年　60岁

1月，在《少年》连载《塔上魔术师》。10月，日本侦探作家俱乐部、东京作家俱乐部和捕物作家俱乐部联合主办"江户川乱步六十大寿庆典"，会上正式设立"江户川乱步奖"。《别册宝石》第四十二期杂志作为

"江户川乱步六十周岁纪念特刊"，《侦探俱乐部》十二月号杂志也作为"乱步花甲纪念特刊"。著名作家中岛河太郎编纂和发行《江户川乱步花甲纪念文集》。11月，映阳堂出版《江户川乱步选集》10卷。12月，光文社出版《塔上魔术师》。

1955年　61岁

1月，在《趣味俱乐部》连载《影男》，在《少年》连载《海底魔术师》，在《少年俱乐部》连载《灰色巨人》。5月，举行首届"江户川乱步奖"颁奖仪式。11月，在三重县名张市举行"江户川乱步诞生地"树碑庆贺仪式。12月，光文社出版《海底魔术师》《灰色巨人》。

1956年　62岁

1月，在《少年》上连载《魔法博士》，在《少年俱乐部》上连载《黄金豹》。1月24日，"日本翻译家研究会"成立，出任研究会顾问。2月，出任"日本文艺家协会语言表述问题专业委员会"委员。4月，发表《英文翻译侦探小说短篇集》。8月，接任《宝石》杂志主编。11月，光文社出版《马戏团里的怪人》《魔法人偶》。

1957年　63岁

1月，在《少年》连载《夜光人》，在《少年俱乐部》连载《奇面城的秘密》，在《少女俱乐部》连载《塔上魔术师》。12月，光文社出版《夜光人》《奇面城的秘密》《塔上魔术师》。

1959年　65岁

1月，在《少年》连载《假面具背后的恐怖王》。11月，桃源社出版《欺诈师与空气男》，光文社出版《假面具背后的恐怖王》。

1960年　66岁

1月，在《少年》连载《带电人M》。4月，出任东都书房《日本侦探推理小说大集成》编辑委员。

1961年　67岁

4月，成为文艺家协会名誉会员。7月，出席"江户川乱步从事侦探小说创作四十周年庆典"，桃源社出版《侦探小说四十年》。10月，桃源社出版《江户川乱步全集》18卷。11月3日，荣获日本政府颁发的"紫绶褒勋章"。

1963年　69岁

1月，"日本侦探作家俱乐部"升格为社团法人"日本推理作家协会"，被一致推选为第一届理事长。8月，再次当选，坚辞不受，亲自提名松本清张接任第二届理事长。

1965年　71岁

7月28日，突发脑出血逝世，戒名智胜院幻城乱步居士。获赠正五位勋三等瑞宝章。8月1日，在青山葬仪所举行日本推理作家协会葬，墓所位于多摩灵园。

译后记

　　我1981年8月考入宝钢翻译科从事翻译工作，1982年初开始从事日本文学翻译，1983年2月首次发表日本文学译作。四十余年来，我一直致力于中日民间文化交流，尤其是翻译了日本推理文学鼻祖江户川乱步的作品全集，由衷地感到欣慰和满足。

　　《江户川乱步全集》共46册，数百万言，历经数个寒暑才翻译完成。回首往事，第一天坐在桌案前写下第一行译文的情景仍历历在目。为了解江户川乱步的创作思想、创作背景和准确把握作品的神韵，除反复阅读其所有小说作品外，我还遍览《侦

203

探推理文学四十年》《乱步公开的隐私》《幻影城主》《奇特的立意》和《海外侦探推理文学作家和作品》等乱步的随笔和评论集。并专程去了坐落在东京丰岛区池袋的江户川乱步故居考察，到日本国家图书馆查阅了有关江户川乱步的许多资料。

为了让更多的人了解江户川乱步，我在《新民晚报》先后发表了《江户川乱步，日本侦探推理文学的先驱》《日本的福尔摩斯》《江户川乱步的起步》《徜徉少年大侦探系列》《徜徉青年大侦探系列》，接受了腾讯视频、东方电视台、《上海翻译家报》、沪江网、日语界以及日本青森电视台、《东粤日报》、《朝日新闻》、《产经新闻》、《中日新闻》的相关采访。

鲁迅说："伟大的成绩和辛勤劳动是成正比的，有一分劳动就有一分收获。日积月累，从少到多，奇迹就可以创造出来。"我历经数年辛劳翻译的这版《江户川乱步全集》，2004年4月被乱步故里日本名张市政府收藏，2020年10月又被日本驻上海总领事馆收藏，并荣获国际亚太地区出版联合会

APPA翻译金奖，其中的"少年侦探团系列"荣获国家新闻出版总署优秀少儿图书三等奖。

江户川乱步可以说是日本推理文学的代名词，江户川乱步奖是推动日本推理文学作家辈出的巨大动力，《江户川乱步全集》是世界侦探推理文学的瑰宝。希望通过这套《江户川乱步全集》，可以让更多的读者共同享受推理文学的乐趣。

2021年元旦于上海虹桥东华美寓所

图书在版编目（CIP）数据

假面具背后的恐怖王 /（日）江户川乱步著；叶荣鼎译. --济南：山东画报出版社，2021.4

（江户川乱步全集·少年侦探团系列）

ISBN 978-7-5474-3878-7

Ⅰ. ①假… Ⅱ. ①江… ②叶… Ⅲ. ①儿童小说-侦探小说-日本-现代 Ⅳ. ①I313.84

中国版本图书馆CIP数据核字（2021）第056666号

JIAMIANJU BEIHOU DE KONGBUWANG

假面具背后的恐怖王

〔日〕江户川乱步 著 叶荣鼎 译

责任编辑 姜 辉
装帧设计 Pallaksch

出 版 人 李文波
主管单位 山东出版传媒股份有限公司
出版发行 山东画报出版社
　　　　　社　　址　济南市市中区英雄山路189号B座　邮编 250002
　　　　　电　　话　总编室（0531）82098472
　　　　　　　　　　市场部（0531）82098479　82098476（传真）
　　　　　网　　址　http://www.hbcbs.com.cn
　　　　　电子信箱　hbcb@sdpress.com.cn
印　　刷 山东新华印务有限公司
规　　格 787毫米×1092毫米　1/32
　　　　　　6.75印张　100千字
版　　次 2021年4月第1版
印　　次 2021年4月第1次印刷
书　　号 ISBN 978-7-5474-3878-7
定　　价 36.00元

如有印装质量问题，请与出版社总编室联系更换。